让阅读蔚蓝澄净。

家国情怀

书信里的中国

孙建华 主编

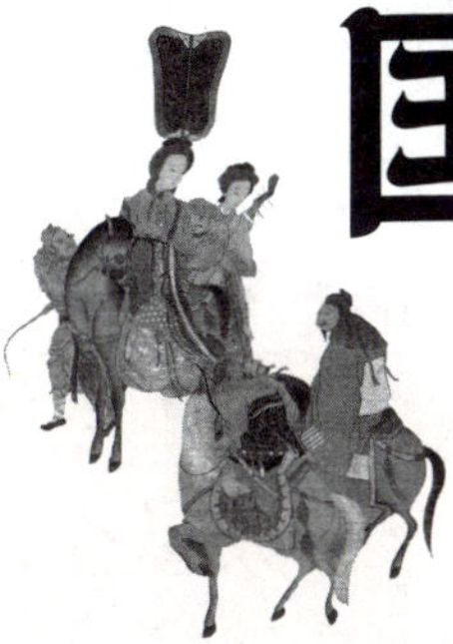

天地出版社 | TIANDI PRESS

图书在版编目（CIP）数据

书信里的中国. 家国情怀 / 孙建华主编. — 成都：天地出版社, 2025.1（2025.8重印）. — ISBN 978-7-5455-8464-6

Ⅰ. I26

中国国家版本馆CIP数据核字第20243GQ012号

SHUXIN LI DE ZHONGGUO · JIAGUO QINGHUAI
书信里的中国·家国情怀

出品人	杨　政
主　编	孙建华
责任编辑	孙学良
特邀编辑	李媛媛　胡雅琴
责任校对	曾孝莉
封面设计	极宇琳
内文排版	麦莫瑞文化
责任印制	王学锋

出版发行	天地出版社
	（成都市锦江区三色路238号　邮政编码：610023）
	（北京市方庄芳群园3区3号　邮政编码：100078）
网　　址	http://www.tiandiph.com
电子邮箱	tianditg@163.com
经　　销	新华文轩出版传媒股份有限公司
印　　刷	河北鑫玉鸿程印刷有限公司
版　　次	2025年1月第1版
印　　次	2025年8月第3次印刷
开　　本	880mm×1230mm　1/32
印　　张	7.75
字　　数	139千字
定　　价	39.80元
书　　号	ISBN 978-7-5455-8464-6

版权所有◆违者必究

咨询电话：（028）86361282（总编室）
购书热线：（010）67693207（营销中心）

如有印装错误，请与本社联系调换

目录 CONTENTS

先秦两汉：苟利国家忘生死

003 | 乐毅《报燕惠王书》
反间受疑，报书辩驳

013 | 李斯《谏逐客书》
秦王逐客卿，上书终劝阻

021 | 枚乘《上书谏吴王》
要想人不知，除非己莫为

029 | 司马迁《报任安书》
不顾苦痛，誓成《史记》

049 | 路温舒《尚德缓刑书》
暴吏苛法苦于民，无闻廷史勇进言

三国两晋南北朝：鞠躬尽瘁为国事

061 | 曹植《求自试表》
引伸微婉，一片血忱

073 | 诸葛亮《出师表》
鞠躬尽瘁，死而后已

081 | 李密《陈情表》
侍奉祖母，辞不就职

| 087 | 丘迟《与陈伯之书》
博闻善辩，不战而屈人之兵

| 096 | 傅縡《狱中上陈后主书》
含冤下狱不苟且，怒骂君主色令昏

隋唐五代：居安思危忧天下

| 103 | 魏征《谏太宗十思疏》
直言极谏，备极哀荣

| 112 | 骆宾王《代李敬业传檄天下文》
临朝称制起兵反，声罪致讨诏天下

| 118 | 杜甫《送韦讽上阆州录事参军》
送别友人诗，期盼救疮痍

| 122 | 韩愈《论佛骨表》
一封朝奏九重天，夕贬潮州路八千

宋元金：壮志未酬留遗恨

| 133 | 田锡《贻杜舍人书》
奉书拜明公，进士论名利

| 140 | 曾巩《谢杜相公书》
以天下之义，报相助之恩

| 146 | 苏轼《与朱鄂州书》
悲生子不举，斥惨无人道

| 154 | 李清照《上枢密韩公工部尚书胡公二首》
二公将出使，上诗为送行

| 165 | 谢枋得《却聘书》
慷慨赴死易，从容就义难

明清：一寸丹心图报国

173 | 王叔英《与方正学书》
政见各异，气节相投

181 | 海瑞《治安疏》
批鳞折槛，肃皇帝玄修之误

203 | 夏完淳《狱中上母书》
风华正茂少年郎，满门忠烈赴国难

210 | 姚鼐《复张君书》
仕途亨通时，决然辞仕归

219 | 龚自珍《送钦差大臣侯官林公序》
故人横海拜将军，侧立南天未蕆勋

民国：以身许国敢为先

233 | 高捷成《致叔父书》
仓促从戎，六年一信

238 | 左权《致叔父书》
前路未知，信念坚定

先秦两汉

苟利国家忘生死

《报燕惠王书》
反间受疑，报书辩驳

战国时，乐羊受魏文侯的相国翟璜举荐，被任命为将军。前408年，乐羊率军进攻中山国。三年将其攻克，魏文侯便把中山国的都城灵寿（今河北灵寿西北）赐给乐羊作为封地。乐羊的子孙后代也都在灵寿安了家，世代为将。乐毅便是乐羊的后裔。

乐毅贤能，又喜好军事，先后在赵国、魏国任职。当时，燕王哙将王位禅让给子之，太子平与将军市被起兵叛乱，致使燕国大乱。齐国趁机攻破燕国，杀死了燕王哙和子之。燕昭王继位后，欲攻打齐国，以报国仇家恨，但燕国国力弱小，于是燕昭王想先招揽人才，为贤者郭隗筑宫，敬以为师，表现出自己礼贤下士的态度。正在这个时候，乐毅从魏国出使燕国，燕昭王待之以礼，乐毅多次谦让后，终于被燕昭王的诚意打动，便答应为其臣子。

彼时齐国强大，先后攻打了楚、魏、赵、秦、宋，领土大增。但齐湣王骄横残暴，百姓们也不堪其苦，燕昭王认为攻打齐国的机会来了，便与乐毅商议。

乐毅说："齐国原本就是霸主，至今保留着霸主的基业，土地辽阔，人口众多，我们不能轻易地单独攻打它。大王如果一定要攻打它，必须联合赵国以及楚国、魏国。"

于是燕昭王派乐毅去与赵惠文王结盟立约，又派出使臣去联合楚国、魏国，还让赵国以攻打齐国的好处去诱劝秦国。各国诸侯都认为齐湣王暴虐，对自己终究有害，便都争着跟燕国合作，共同讨伐齐国。

乐毅回国汇报后，燕昭王立即动员了全国兵力，派乐毅担任上将军，赵惠文王也把相国大印授予乐毅，由乐毅统一指挥赵、楚、韩、魏、燕五国军队去攻打齐国。乐毅先后攻下七十余城，都划为郡县归属燕国，只剩莒、即墨两地没有攻下。燕昭王大喜，把齐地昌国（今山东淄博东南）封给乐毅，号"昌国君"。

怎料没过多久燕昭王去世，他的儿子燕惠王即位。惠王从做太子时就对乐毅有所不满。惠王即位后，齐国将领田单了解到他与乐毅之间的矛盾，就对燕国施行离间计，造谣说："齐国莒、即墨迟迟无法攻克的原因是乐毅与燕国新即位的国君有怨仇，因此乐毅故意拖延时间留在齐国，准备在齐国称王。"

燕惠王本来就心存怀疑，现下又受齐国离间挑拨，便马上派将领骑劫去替换乐毅。乐毅心里明白燕惠王的猜忌，担心自己回燕国后被杀，于是投奔了赵国。赵国国君对乐毅十分优宠，把观津（今河北武邑东南）封给乐毅，封号"望诸君"，借此威慑燕国、齐国。

后来田单与骑劫交战，骑劫中田单计，轻信守军将降，懈怠无备，被齐军击败。齐军收复了丢失的全部城邑，迎齐襄王回都城。

燕惠王很后悔用骑劫代替乐毅，致使燕军惨败，损兵折将不说，还丧失了辛苦占领的齐国土地，同时怨恨乐毅不忠，投降赵国，又担心赵国会用乐毅乘燕国兵败疲困之机攻打过来。于是燕惠王派人到赵国去和乐毅沟通，一边责备一边道歉说："我的父王当时把整个燕国委托给将军你，将军为我们燕国打败齐国，替我的父王报了深仇大恨，天下人没有不震动的，我从来没有一天敢忘记将军你的功劳。父王辞世，我初即位，不懂事，听信谗言，被左右人耽误，当时派骑劫代替将军你，是因为想到将军长年在外，风餐露宿,想召回将军休整一下,共商朝政大计。没想到将军也误听小人传言,以为我要害你,就抛弃了燕国而归附赵国。将军为自己打算也是可以的,但又怎么对得住父王活着的时候对将军的一片深情厚谊呢?"

乐毅听后,写了一封回信给惠王,信中说:

> 臣不才,无法遵从先王的遗命,来顺应国君您和身边大臣的心意,害怕犯下杀身之罪,这样既损害了先王的英明,又违背了您的道义,不得已才投奔到赵国。我负起不贤之罪,因此对自己的行为不作辩解。现在国君您遣人前来数明臣的罪行,臣恐怕您身边的大臣无法理解先王重用臣的理由,也不清楚臣侍奉先王的忠心,所以才斗胆写信回答国君。
>
> 臣听闻,英明的君主,不把俸禄私授给自己的亲近之人,只有功劳多的人才可获得;不把官爵随意赐予自己宠爱之人,只有有才能的人才可担任。因此考察人的才能再授予其官职,是能功成事立的君王;根据德行与之结交的人,是能树立声望的贤士。臣凭借自己所学知识私下观察,认为先王的举措,有超越世俗的心志,因此臣借着魏国使节的身份,却能在燕国得到赏识。先王爱重臣,把臣从众多宾客中提拔出来,置臣于群

臣之上，先王没有和宗室大臣商议，就任命臣为亚卿。臣自以为奉行先王的命令、接受先王的教导，便能幸免于罪，所以臣没有推辞就接受了先王的授命。

先王对臣说："我对齐国积怨已久，哪怕民少国弱，也要把攻打齐国当作我的目标。"臣回答道："齐国，本就曾称霸诸国，取得过多次胜利，熟练兵甲战术，又擅长进攻作战。君王您如果想征讨齐国，就必须率领全天下各诸侯国的兵力来筹划。想要率领全天下的兵力，最快的办法是先结盟于赵国。更何况原属于淮北和原宋国的土地，是楚国和魏国想要占领的。赵国如果同意结盟，就约楚、魏尽力帮助，集四国力量攻打齐国，就能够大败齐国啊。"先王说："好！"

臣领先王的命令，准备符节，访问赵国。回到燕国复命后，臣便领兵攻打齐国。凭借天意和先王的权威，赵、魏等国跟随先王举兵到达济水西边。济水的军队受命攻打齐国，大获全胜。精锐的士卒们轻装上阵，长驱直入，占领齐国国都。齐王仓皇奔逃至莒，仅仅能够保全性命。齐国的珠玉财宝、车甲珍器全部被缴获并送往燕国。齐国的大吕钟摆设在燕国的元英宫殿里，被齐国抢走的大鼎重新归还于燕国历室殿，珍贵的器具陈设在燕国的宁台上，燕国都城蓟丘的植物移栽到了齐国汶水竹林。自春秋五霸以来，没有谁的功勋能大于先王。先王认为臣顺应了他的心愿，没有辜负使命，因此赏赐臣封地，臣得以与小诸侯国相当。臣不才，自以为奉行先王的命令、接受先王的教导，可以幸免于罪，所以没有拒绝便接受了先王的封赏。

臣听闻，英明的君主，建功立业后就不会废弃它，所以能留名青史；有预见的贤人，成就功名就不会去毁坏它，因此能流芳后世。像先王那样报家仇雪国耻，消灭持有数万辆战车的齐国，没收其积累了八百年的财富，直到先王去世那日，他遗留下来的教令遗训，仍有诏告后世的意义。使掌权执事的臣子，遵循法令，理顺庶孽事宜，恩泽百姓，这些做法都能够教诲后世子孙。

臣听说，擅长开创的人不一定擅长守成，善于开始的人不一定善于收尾。从前，因吴国君主阖闾采用了伍子胥的计策，所以阖闾率军远征至楚国都城郢。阖闾的儿子夫差不认同伍子胥的观点，害死他再装进皮袋子扔入江中。吴王夫差不明白，听取伍子胥生前的观点是可以建立功绩的，因此将伍子胥投入江中而不后悔。伍子胥没有预料到新旧两位君主不同的智量才气，因此被沉入江中也不改他的态度。

臣脱身免罪保全功劳，维护了先王的贤名，是臣的上策；遭受侮辱，诽谤声誉，损坏先王的英明，这是臣最惧怕的事。面临难以预料的罪行，协助赵国与燕国为敌，企图侥幸地获得私利，不符合臣的道义，臣是不敢去做的。

臣听闻古代的君子，哪怕断绝交情也不说对方的坏话；忠良之臣即使离开故国，也不会为自己的声誉诽谤原主。臣虽愚蠢，但也经常向君子请教。唯恐君主轻信了周围亲近之人的谗言诽语，无法了解臣这个被冷落人的品行啊。所以臣斗胆给您回信，请您明鉴啊。

信中，乐毅除了解释自己奔走赵国的缘由，还讲述了自己与燕昭王的君臣之情。整篇回信情真意切，内容感人，言语婉转却直击要害，明赞燕昭王的英明，实讽燕惠王的昏庸，细品之下还能感受到丝丝委屈与怨怼。后来，齐人蒯通和主父偃读到这封信时，都曾忍不住放下书信掉眼泪。

虽然乐毅没有再继续为燕国效忠，但是他的儿子乐间却回到燕国，被燕惠王封为"昌国君"。乐毅则为了维护燕国、赵国之间的友谊，常常游走于两国之间，两国都以礼相待。

【书信原文】

臣不佞❶,不能奉承先王之教,以顺左右之心,恐抵斧质之罪,以伤先王之明,而又害于足下之义,故遁逃奔赵。自负以不肖之罪,故不敢为辞说。今王使使者数之罪,臣恐侍御者之不察先王之所以畜幸臣之理,而又不白于臣之所以事先王之心,故敢以书对。

臣闻贤圣之君,不以禄私其亲,功多者授之;不以官随❷其爱,能当者处之。故察能而授官者,成功之君也;论行而结交者,立名之士也。臣以所学者观之,先王之举错,有高世之心,故假节于魏王,而以身得察于燕。先王过举,擢❸之乎宾客之中,而立之乎群臣之上,不谋于父兄,而使臣为亚卿。臣自以为奉令承教,可以幸无罪矣,故受命而不辞。

先王命之曰:"我有积怨深怒于齐,不量轻弱,而欲以齐为事。"臣对曰:"夫齐,霸国之余教,而骤胜之遗事也,娴于兵甲,习于战攻。王若欲伐之,则必举天下而图之。举天下而图之,莫径于结赵矣。且又淮北、宋地,楚、魏之所同愿也。赵若许,约楚、魏尽力,四国攻之,齐可大破也。"先王曰:"善!"

臣乃口受令,具符节,南使臣于赵。顾❹反

命，起兵随而击齐。以天之道、先王之灵，河北之地，随先王举而有之于济上。济上之军奉令击齐，大胜之。轻卒锐兵，长驱至国。齐王逃遁走莒，仅以身免。珠玉财宝，车甲珍器尽收入燕。大吕陈于元英，故鼎❺反乎历室，齐器设于宁台。蓟丘之植，植于汶篁❻。自五伯以来，功未有及先王者也。先王以为顺于其志，以臣为不顿命，故裂地而封之，使之得比乎小国诸侯。臣不佞，自以为奉令承教，可以幸无罪矣，故受命而弗辞。

臣闻贤圣之君，功立而不废，故著于《春秋》；蚤❼知之士，名成而不毁，故称于后世。若先王之报怨雪耻，夷万乘之强国，收八百岁之蓄积，及至弃群臣之日，遗令诏后嗣之余义。执政任事之臣，所以能循法令，顺庶孽者，施及萌隶❽，皆可以教于后世。

臣闻善作者不必善成，善始者不必善终。昔者伍子胥说听乎阖闾，故吴王远迹至于郢；夫差弗是也，赐之鸱夷而浮之江。故吴王夫差不悟先论之可以立功，故沉子胥而弗悔，子胥不蚤见主之不同量，故入江而不改。

夫免身全功以明先王之迹者，臣之上计也；离毁辱之非，堕先王之名者，臣之所大恐也。临不测之罪，以幸为利者，义之所不敢出也。

臣闻古之君子，交绝不出恶声；忠臣之去也，不洁其名。臣虽不佞，数奉教于君子矣。恐侍御者之亲左右之说，而不察疏远之行也，故敢献书以报，唯君之留意焉。

【注释】

❶不佞：不才。

❷随：依从。

❸擢（zhuó）：提拔，提升，指被重用。

❹顾：还，返回。

❺故鼎：指齐国进犯时，从燕国掠走的鼎。

❻篁：竹林，竹园。

❼蚤，同"早"。

❽萌隶：百姓。萌，通"氓"。

《谏逐客书》
秦王逐客卿，上书终劝阻

李斯是楚国上蔡（今河南上蔡西南）人，曾在郡里担任小官吏，后来跟着荀子学习治理天下的学问。学成之后，李斯分析楚王不值得自己效命，除秦国外的六国国势也都衰弱，没有建功立业的希望，于是决定去往秦国。

李斯到达秦国后，碰巧秦庄襄王去世，李斯借机接触到秦相国文信侯吕不韦，吕不韦很赏识他，任命他为郎官，李斯也因此得到面见刚即位不久的秦王嬴政的机会。李斯见到嬴政后说："从前秦穆公虽称霸天下，但一直没能东进吞并山东六国，原因在于周朝的德望还没完全衰落，因此各诸侯国交替兴起，还在推尊东周王室。自秦孝公以来，东周王室卑弱衰微，诸侯之间互相兼并，秦国逐渐征服六国，现如今诸侯服从秦国就像郡县服从朝廷一样，此时是扫平诸侯，成就帝业，实现天下统一的大好时机。"

于是嬴政任命李斯为长史，听从他的计谋，暗中派遣谋士带着金玉珍宝去各国游说。对各国关键人物，能收买就送礼物加以收买，不能收买的便直接杀掉，然后再派良将攻打。李斯也得到嬴政重用，任为客卿。

这时，韩国水利家郑国受韩王之命来到秦国，欲说服秦国兴修水利，企图以此消耗秦国国力，这样就能延缓甚至阻止秦王伐韩。嬴政听说了修水利的好处，便征发大量民工开渠引水。没想到，其间嬴政突然觉察出了韩国的意图，准备杀掉郑国，郑国急忙阐述了开渠对秦国的万世之利，使水渠得以继续施工，于是修成了"郑国渠"。

因为此事，秦国的宗室贵族都进谏嬴政："这些诸侯国前来奉事的人，大多是为各自的国君游说，目的是削弱秦国国力，请大王把这些人全都驱逐出国。"

李斯本为楚国人，当然也在这即将被驱逐的人之列，于是李斯上书嬴政说：

我听说大臣们议论着要驱逐外来的客卿，私下认为这是错误的。昔日秦穆公寻求贤士，从西边戎族招揽了由余，从东边宛地赎回了百里奚，从宋国请来了蹇叔，从晋国访求到了丕豹、公孙支。这五个人，都不是出生于秦国，但秦穆公重用他们，兼并了几十个诸侯小国，于是称霸西戎。秦孝公采用了商鞅的变法制度，改变了旧的习性，因此秦国变得国富民强，百姓乐意为国家效力，各诸侯国亲近而服从，还俘虏了楚国和魏国的军士，扩展千里疆土，直到现在国家越来越兴盛安宁。惠王采取了张仪的策略，攻取了三川之地，向西兼并了巴、蜀两国，向北收取了上郡，向南攻克了汉中，并吞九夷，控制楚国的鄢、郢两地，向东占领了地势险要的成皋邑，割取肥沃的土地，六国合纵的联盟被拆散，迫使他们归附侍奉于西面的秦国，这份功绩一直延伸至今。秦昭王得到范雎，废除穰侯，放逐华阳君，巩固王权，遏制权贵势力，吞占诸侯各国，让秦国成就霸业。这四位君主，都是仰靠着客卿的才能成就功业的。由此看来，客卿们有什么辜负秦国的地方呢？如果四位国君驱逐客卿而不接纳，疏远贤士而不任用，这样秦国就没有富足丰厚的实力，也没有强盛威武的好声誉了。

现在陛下收罗了昆仑山的美玉，得到了随侯珠、和氏璧这样的珍宝，悬挂着明月珠，佩带着太阿宝剑，乘着纤离骏马，竖立着用翠羽编织装点的旗帜，陈设着用鳄皮蒙成的鼓。这么多宝物，没有一件是秦国产出的，但陛下却喜爱它们，为什么呢？如果一定要秦国生产的东西才可以使用，那么朝堂上不该用夜光璧装饰，人们不该嗜好赏玩犀角、象牙做的器物，充盈后宫也不应选郑、卫两国的女子，宫外的马厩也不能饲养骏良駃騠这些名马，长江以南地区的金器锡器不该使用，绘画也不能选用西蜀的丹青。因此装饰朝堂、充实府库、愉悦心情、开阔耳目的，一定要出产于秦国的才可以，那么宛地出产的珍珠发簪、镶嵌珠子的耳饰、东阿绢丝制作的服饰、精美的丝织饰品都不该进献到您的面前，而雅致不凡、美丽窈窕的赵国女子不会站在您的身边。那击打着瓮缶、弹奏着秦筝、拍着大腿应和节奏，呜呀歌唱令人耳快的才是真正秦国本土音乐。郑国、卫国一带的乐曲，《韶》《虞》《武》《象》等古曲，都是别国的音乐啊。现在舍弃了瓮缶等打击乐而接受郑国和卫国的音乐，放弃弹筝而采用《韶》《虞》这样的古乐，这是为什么呢？为了取乐当下，适宜观赏罢了。如今选拔人才就不能这样了，不论是否合适，不管是非对错，只要不是秦国本地人都得离开，为客卿者都被驱逐。果然如此，那么您看重的是美色、音乐、珍珠、宝玉，而所轻视的是人民百姓。这并不是能够平定天下、控制诸侯的谋略啊。

我听说田地广阔粮食就盛产，国家辽阔强大人口就稠密，武器精强士兵就勇猛。所以说，泰山不嫌弃微小的土壤，于是成就了它的高大；大河海不舍弃小细流，于是成就了它的深广；帝王不推却众多的民众，所以能彰显他的功德。因此，土地不分东南西北，人民不论本土异国，一年四季美好充实，鬼神降恩赐福，这就是五帝和三王无可匹敌的原因。现在您却舍弃百姓来强大敌国，推却宾客让他们侍奉诸侯，让天下的贤士害怕而裹足不前，不敢向西进入秦国，这就是所说的"将武器借给敌人，将粮草送与盗贼"。

东西虽然不是秦国出产的，但宝物众多；贤士不出生于秦国，但愿意效忠的人有很多。现在驱赶客卿去帮助敌国，损害本国百姓而让仇敌获利，国家内部虚空而外部又与诸侯结怨，要想国家没有危机，那是不可能办到的。

李斯列举由余、商鞅、张仪、范雎等外来人对秦国的重大贡献，指出对"客"一概排斥将不利于秦。嬴政看完李斯的《谏逐客书》后，幡然醒悟，立即撤销"逐客令",恢复李斯官职,采用他的计谋,并将其升任廷尉之职。

嬴政任用李斯,派王翦等大将率兵进攻六国,十年之间完成统一大业,建立了中国历史上第一个中央集权君主专制的统一王朝。

【书信原文】

臣闻吏议逐客,窃以为过矣。昔缪公❶求士,西取由余于戎❷,东得百里奚于宛,迎蹇叔于宋,来丕豹、公孙支于晋。此五子者,不产于秦,而缪公用之,并❸国二十,遂霸西戎。孝公用商鞅之法,移风易俗,民以殷盛,国以富强,百姓乐用❹,诸侯亲服,获楚、魏之师,举地千里,至今治强。惠王用张仪之计,拔三川之地,西并巴、蜀,北收上郡,南取汉中,包九夷,制鄢、郢,东据成皋之险,割膏腴之壤,遂散六国之从❺,使之西面事秦,功施到今。昭王得范雎,废穰侯,逐华阳,强公室,杜私门,蚕食诸侯,使秦成帝业。此四君者,皆以客之功。由此观之,客何负于秦哉!向使四君却客而不内,疏士而不用,是使国无富利之实而秦无强大之名也。

今陛下致昆山之玉,有随、和之宝,垂明月之珠,服太阿之剑,乘纤离之马,建翠凤之旗，树灵鼍❻之鼓。此数宝者，秦不生一焉，而陛下说之，何也？必秦国之所生然后可，则是夜光之璧不饰朝廷，犀象之器不为玩好，郑、卫之女不充后宫，而骏良駃騠❼不实外厩，江南金锡不为用，西蜀丹青不为采。所以饰后宫、充下陈、娱心意、说耳目者，必出于秦然后可，则是宛珠之簪、傅玑之珥、阿缟之衣、锦绣之饰不进于前，而随俗雅化佳冶窈窕赵女不立于侧也。夫击瓮叩缶，弹筝搏髀，而歌呼呜呜快耳者，真秦之声也；《郑》《卫》《桑间》《昭》《虞》《武》《象》者，异国之乐也。今弃击瓮叩缶而就《郑》《卫》，退弹筝而取《昭》《虞》，若是者何也？快意当前，适观而已矣。今取人则不然。不问可否，不论曲直，非秦者去，为客者逐。然则是所重者在乎色乐珠玉，而所轻者在乎人民也。此非所以跨海内、制诸侯之术也。

臣闻地广者粟多，国大者人众，兵强则士勇。是以太山不让土壤，故能成其大；河海不择❽细流，故能就其深；王者不却众庶，故能明其德。是以地无四方，民无异国，四时充美，鬼神降福，此五帝三王之所以无敌也。今乃弃黔首❾以资敌国，却宾客以业诸侯，使天下之士退而不敢西向，裹足不入秦，此所谓"藉寇兵而赍盗粮"

者也。

夫物不产于秦，可宝者多；士不产于秦，而愿忠者众。今逐客以资敌国，损民以益仇，内自虚而外树怨于诸侯，求国无危，不可得也。

【注释】

❶缪公：即秦穆公，名任好，春秋五霸之一。缪，通"穆"。

❷西取由余于戎：由余，原为戎王的臣子，后穆公以礼招致，帮助秦攻灭西戎众多小国，称霸西戎。戎，古代对西部少数民族的称呼。

❸并：兼并，吞并。

❹乐用：乐于为用。

❺六国之从：指燕、赵、韩、魏、齐、楚六国联合抗秦的合纵联盟。从，通"纵"。

❻灵鼍（tuó）：鳄鱼类动物，皮可制鼓。

❼駃騠（juétí）：良马名。

❽择：同"释"，舍弃。

❾黔首：百姓。

《上书谏吴王》
要想人不知，除非己莫为

枚乘

吴王刘濞是汉高祖刘邦之兄刘仲的儿子。高祖平定天下七年后，封刘仲为代王。后来匈奴攻打代国，刘仲弃地而逃，高祖因骨肉之情不忍依法制裁，只是将刘仲废黜王号贬为郃阳侯。

公元前196年秋，淮南王英布反叛，高祖亲自率军诛讨。刘濞这年二十岁，英勇无比，以骑将的身份跟随高祖一起出兵，英布战败逃走。当时荆王刘贾被英布杀死，刘贾没有后嗣，高祖心想：吴地、会稽的人轻浮好斗，没有一位勇壮的王侯震慑他们是不行的，而自己的儿子们年龄又还小，于是决定封刘濞为沛地吴王。

到了授印之时，高祖仔细看了刘濞面相，顿觉此子有反叛之相，心中后悔起来，但又不宜撤回旨意，便告诫刘濞，"天下同姓是一家人，千万不要造反"，刘濞连忙叩头说："不敢。"

到了惠帝刘盈时期，刘濞开始私下铸钱，煮海水制私盐，吴地富足无比。后来刘恒即位，即文帝。刘濞之子刘贤入京朝见，陪太子刘启饮酒下棋。刘贤平素骄纵，与太子下棋时发生争执，不恭不敬，太子一气之下便举起棋盘砸向刘贤，没想到竟砸死了他。

刘贤死后，遗体被送回吴地，刘濞见到儿子的遗体，怨怒地说："天下同姓一家，死在长安就应该葬在长安，何必又送来吴国！"随即又遣人把刘贤的遗体送回长安。自此，刘濞逐渐不守礼节，称病不肯入朝，并开始策划谋反。

当时在刘濞手下做郎中的枚乘察觉到了刘濞的谋反之意，便上书劝阻：

> 我听说，"得到万全之策就会昌盛，失去万全之策就会衰亡"。舜没有容身的地方，但拥有整个天下；禹也没有大村落，但可以在诸侯间称王；汤武的地方只有不过百里之多，对上不产生异常天象，对下不伤害百姓的拥戴之心，是因为拥有称霸天下的策略。因此父子之道，是人之天性。忠臣不躲避可能遇到的惩罚而直谏，在处

理相关事情时，没有纰漏或失误，则功绩能够流传于世。我愿打开心腹献出忠心，望大王怜悯于我，能够对我所说的话做出一些考虑。

用麻绳绑住重物，上悬于无止境的高处，垂向深不见底的深渊，即便是十分愚笨之人，也会担心麻绳断裂。马已经处于受惊状态，再用击鼓的方式惊吓它；系挂物体的线快要断了，还要用力拉扯它。系挂物体的线在高处位置出现断绝，无法再重新复原；重物直接掉进深渊之后，很难再取回来。灾祸发生与不发生之间的距离容不下一根头发。如果可以听忠臣之言，则所做的举动能够避免灾祸。要是一味根据自己的欲求去行动，会比把蛋叠起来还要危险，比登天还难。而要变更想做的事，简直易如反掌，稳如泰山。如今大王您享受上天赐予的寿数，享尽无穷的乐趣，保持千军万马的力量，不做易如反掌、安于泰山的事情，反而想要冒累卵般的危险，走登天一样的路，这是我所不理解的。

有些人对于自己的影子以及足迹都有一些畏惧，所以他们回头就跑，但发现脚印反而更多，影子也紧追不舍，却不知找到一个阴凉的地方停下，使得影子和足迹消失。想要让他人听不到，还不如不要去说；想让他人不知情，还不如不要去做。想要热水冷却下来，一个人却在不停加柴烧水，那么哪怕有一百个人将水舀起来再倒下去也不能起到作用，还不如停止烧火。不实施果断有效的对策，却一味胡乱施救，这样的行为就如同抱着一些柴草去救火。养由基是楚国擅长射箭的人，即使距离杨树叶子一百步，也能够百发百中。杨树叶这样的大小，他却百发百中，可以称他善于射箭了。但他能够射中的距离，也就在一百步之内而已，但若与我进行比较，简直可以说他不懂弓箭了。

福的出现有它的基础，祸的发生有它的胚胎，承受福的开端，还要免于祸的起始，那么祸还能从哪里来呢？从泰山上面留下来的水可以把石头直接穿透，扯到尽头的井绳也能够把井梁逐渐磨烂。水并非穿透石头的钻，井绳也不是锯木头的锯，但连续不断地摩擦能够造成以上结果。如果一铢一铢去进行称重，在称到一石的时候定会出现差错；一寸一寸去测量，在量到一丈的时候也会出现误差。那不如以石、丈为单位进行称量，不仅可以减少差错，也可以节省时间。长得很大的树木，一开始时只是小嫩芽，脚趾就能够弄断，手也能够拔出，在没有长大之前能够直接挖出。打磨砥砺不能发现减损，但经过一段时间之后终会被磨去。种植树木、养殖牲畜，不会看到它生长，但经过一段时间之后会发现已经长大。在积累德行的过程中，不会看到成效，但时间长了之后能够显现作用；背弃理义，即便短时间内不会出现危害，最终也会灭亡。我期望大王能够深思熟虑后再加以实施，这也是长久不变的道理。

此时刘濞的反叛之意并未完全表露出来，其行为举动也比较隐晦，即使枚乘已经察觉，也不好直接指明谋反之事，故而写得含蓄隐晦却不失本意，大量使用比喻和对比的方式说明利害，使看信之人能明其意，可谓用心良苦。

然则枚乘这番推心置腹的劝谏，吴王却弃置一旁，不予理会。见吴王一意孤行，劝说无望，枚乘只好辞官离去，至梁孝王刘武门下。尽管如此，枚乘并未揭发刘濞的谋反之意，可见其对旧主仍怀有感情。

汉景帝刘启即位后，为了巩固政权，加强中央集权，采纳晁错建议的"削藩"措施，收回诸侯权益，削减诸侯领地。各藩地诸侯的权益一下子被削减大半，有人忧惧，有人怨恨。刘濞利用这种心理，趁机游说其他六国诸侯联合造反。这时已在他国的枚乘再次上书旧主吴王，劝其退兵，吴王依然置之不理，不肯回头。仅三个月,"七国之乱"被平,半生谋划,功亏一篑,已是花甲之年的刘濞与其他诸王都落了个兵败名裂、身首分离的下场。

枚乘虽曾奉事于叛首刘濞,却因写给刘濞的两份劝谏信而闻名遐迩,获景帝赏识。

景帝召请枚乘为弘农郡都尉,但枚乘更愿与天下英雄豪杰交游,不愿做官,便称病辞职。后来枚乘再次去梁国交游,梁国宾客都善于撰文作赋,枚乘与众人切磋,其中数枚乘文采最好。后人也将枚乘和司马相如并称为"枚马",两人都是汉代前期的大赋代表作家,对汉赋的发展颇有影响。

武帝刘彻自做太子时就听说枚乘的名气,等即位天子时,枚乘已经年老,武帝就用蒲草裹着车轮的"安车"去请他,结果枚乘病死在路上。

【书信原文】

臣闻"得全者全昌,失全者全亡"。舜无立锥之地,以有天下;禹无十户之聚,以王诸侯;汤、武之土不过百里,上不绝三光之明,下不伤百姓之心者,有王术也。故父子之道,天性也。忠臣不避重诛以直谏,则事无遗策,功流万世。臣乘愿披腹心而效愚忠,唯大王少加意念恻怛❶之心于臣乘言。

夫以一缕之任，系千钧之重，上悬无极之高，下垂不测之渊，虽甚愚之人，犹知哀其将绝也。马方骇，鼓而惊之；系方绝，又重镇之。系绝于天，不可复结；坠入深渊，难以复出。其出不出，间不容发。能听忠臣之言，百举必脱。必若所欲为，危于累卵，难于上天。变所欲为，易于反掌，安于泰山。今欲极天命之寿，弊无穷之乐，究万乘之势，不出反掌之易，以居泰山之安，而欲乘累卵之危，走上天之难，此愚臣之所以为大王惑也。

人性有畏其影而恶其迹者，却背而走，迹愈多，影愈疾，不知就阴而止，影灭迹绝。欲人勿闻，莫若勿言；欲人勿知，莫若勿为。欲汤之沧，一人炊之，百人扬之，无益也，不如绝薪止火而已。不绝之于彼，而救之于此，譬犹抱薪而救火也。养由基，楚之善射者也，去杨叶百步，百发百中。杨叶之大，加百中焉，可谓善射矣。然其所止，乃百步之内耳，比于臣乘，未知操弓持矢也。

福生有基，祸生有胎，纳其基，绝其胎，祸何自来？泰山之霤[2]穿石，单极之统断干。水非石之钻，索非木之锯，渐靡使之然也。夫铢铢而称之，至石必差；寸寸而度之，至丈必过；石称丈量,径而寡失。夫十围之木,始生如蘖[3],足可搔而绝,手可擢而拔,据其未生,先其未形也。磨砻[4]底[5]砺,不见其损,有时而尽。种树畜养,不见其益,有时而大。积德累行,不知其善,有时而用;弃义背理,不知其恶,有时而亡。臣愿大王孰计而身行之,此百世不易之道也。

【注释】

① 恻怛(dá):同情,怜悯。

② 霤(liù):指山上的流水。

③ 蘖(niè):树木被砍伐后长出的新芽。

④ 砻(lóng):研磨。

⑤ 底:通"砥"。

司马迁 《报任安书》
不顾苦痛,誓成《史记》

西汉太史令司马谈有一个儿子,名叫司马迁,十岁时已能识读古文著作,二十岁遍游南北,考察风俗,采集传说。

这一年,汉武帝举行封禅,司马谈不能参与其事,愤懑成疾。弥留之际,儿子司马迁恰巧出使返回,司马谈抓着儿子的手流着泪说:"我们的祖先,是周朝的太史,主管天文历法,远在上古虞舜夏禹时就取得过显赫的功名,难道要断送在我这里吗?你继为太史,就可以接续我们祖先的事业了。如今天子继承汉朝千年一统的大业,在泰山封禅,而我不得从行,这是命中注定的。我死以后,你一定要继续太史之职,千万不要忘记我编写的论著。况且孝是从侍奉双亲开始，再侍奉君主，最终才能在社会上立足，扬名于后世，光耀父母，这是孝中最主要的。天下称颂周公，是说他能够歌颂周文王、武王的功德，宣扬周、召的遗风，使人懂得周太王、王季的思想以及公刘的功业，以使始祖后稷受到尊崇。周幽王、厉王以后，王道衰落，礼乐崩坏，孔子研究、整理旧有的文献典籍，振兴被废弃了的王道和礼乐，整理《诗》《书》，删修《春秋》。直到今天，学者们仍以此为法则。从鲁哀公西狩获麟到现在四百多年了，其间由于诸侯兼并混战，史书丢散，记载中断。如今汉朝兴起，海内统一，贤明君主、忠义臣子的事迹，我作为太史而不予评论记载，因此中断了国家的历史文献，对此我感到十分不安，你要谨记在心。"司马迁低头流泪道："我一定把父亲的编纂计划全部完成，不敢有丝毫的缺漏。"

司马谈死后三年，司马迁成为太史令，前104年，与唐都、落下闳等共订太初历，对历法进行改革，同时一直秉承父亲遗愿编写史书。

当时，李广之孙李陵为骑都尉，奉武帝命率五千人出击匈奴，不料被单于大军包围，力战之后矢尽援绝投降。司马迁为李陵军败降匈奴之事有所辩解，得罪下狱，受腐刑。

出狱后，司马迁任中书令，表面上为武帝近臣，看似体面，实则因宦官身份而被士大夫们所轻贱。司马迁内心十分苦闷。

司马迁的好友任安（字少卿）曾写信给司马迁，以古代贤臣的标准要求他，希望他能"尽推贤进士之义"，但司马迁因自己的遭遇和处境感到为难，因此一直未回信给任安。前91年，戾太子诛江充起兵，将护北军使者任安召出，颁与符节，命令任安发兵，任安拜受符节后却返回营中，闭门不出，不应太子。太子事败，武帝却认为任安受太子节是有二心，将任安判处死刑。

得知好友任安被判死刑后，司马迁才给他写了回信，信中，司马迁以无比激愤的心情诉说了自己因李陵之祸所受的奇耻大辱，倾吐了内心郁积已久的痛苦与愤懑，委婉述说了自己受刑后"隐忍苟活"的苦衷：

像牛马一样的司马迁再拜。

少卿足下：先时承蒙您写信给我，教我谨慎待人接物，以推举贤能、引荐人才为己任，情意恳切，好像怨我没有遵从您的意见，而是追随了世俗之人的意见。我不敢这样做。我虽然能力平庸，但也听说过德高才俊的前辈遗留下来的风尚。只是我觉得自己身体已遭摧残，又处于污浊的环境之中，每有行动都会受到指责，想做有益的事，反而使自己遭到残害，因此我独自忧闷而不能向人诉说。俗话说："为谁做？谁来听？"钟子期死后，伯牙便终身不再弹琴。这是为什么呢？贤士乐于被了解自己的人所用，女子为喜爱自己的人而打扮。像我这样身躯亏残的人，即便才能如隋侯珠、和氏璧那样稀有，品行如许由、伯夷那样高尚，终究不能以此为荣，只是足以被人耻笑而自取侮辱。

本应及时回信，但碰巧我随皇上东巡归来，而后又被烦琐之事所迫，能见面的日子很少，没有片刻得闲能详尽地表达心意。现在您蒙受意想不到的罪祸，再过不久，到十二月，我随皇上去雍县的日期也快到了，担心突然之间您有不幸之事，我终生不能向您抒发我的愤懑，那逝去的灵魂将留下无穷的遗憾，请让我简单陈述我浅陋的意见。隔了这么久没有复信给您，希望您不要责怪。

我听说加强自身修养是智慧的象征，乐于施舍是仁德的开始，取舍得当是道义的表现，对耻辱的态度是判断是否勇敢的标准，建立好的名声是德行的最高准则。志士有这五种品德，便可以立足于社会，进入君子的行列之中。所以，没有什么灾祸比欲念和私利更惨痛，没有什么悲哀比伤创心灵更可悲，没有什么行为比使先人受辱更不光彩，没有什么耻辱比遭受宫刑更严重。受过宫刑而存活的人，社会地位是没法比类的，也不是只当今之世如此，很久以前就这样了。从前卫灵公与宦官雍渠同坐一车，孔子感到被侮辱，便离开卫国到陈国去；商鞅通过宦官景监而得以谒见秦孝公，贤士赵良忧其名声不好；太监赵同陪坐在汉文帝的车上，袁盎为之脸色大变：自古以来，人们都以此为耻辱。对一般人来说，一旦事情关系到宦官，没有不感到丧气的，更何况气节高尚的人呢？如今朝廷虽然缺乏人才，但怎会让一个受过刀锯摧残之刑的人来推荐天下豪杰俊才呢？我仰赖先父遗留下来的事业，才能在皇上身边任职，到如今已二十多年。我常想：对上，不能对君王进纳忠言，而有出谋划策的称誉，得到皇上的信任；其次，又不能给皇上补正阙失，招纳贤才，使隐居的贤士不被埋没；对外，又不能于军队之中，参加攻城野战，建立斩将夺旗之功；就连最次要的，也不能积累资格，谋得高官厚禄，为宗族和朋友争光。这四点，没有哪一点能做出成绩，只能迎合皇上的心意，保全自己的地位，我是个没用的人，从以上四点就可以看出来。以前，我也在下大夫的行列，跟着外朝官员发表一些微不足道的议论。我没有利用这个机会伸张国家的法度，竭尽自己的思虑；现在成为身体残废、打扫污秽的奴隶，在地位卑贱的行列中，还想昂首扬眉，评论是非，不也是轻视朝廷、使当世的君子们感到羞耻吗？唉！唉！像我这样的人，还说什么呢！还说什么呢！

而且，事情的原委一般人是不容易弄清楚的。我年少时不受约束，长大后没有得到家乡的赞誉，好在皇上因为我父亲的缘故，使我能够获得奉献微薄才能的机会，出入宫廷。我认为事难两全，头上戴着盆子就不能望天，于是断绝了宾客往来，不顾家中事务，日夜都在想着奉献自己那微不足道的才干和能力，专心供职，以求得皇上的信任和宠幸。但事与愿违。

我和李陵都在朝为官，平时没有什么交往，追求和目标也不相同，从来没有一起喝酒交流过。但我观察李陵的为人，认为他确是个奇人：侍奉父母有孝道，和朋友交往守信用，遇到钱财懂廉洁，或取或予都遵守礼义，能分别长幼尊卑懂得礼让，恭敬俭朴对人谦逊，总是想奋不顾身应对国家急难。他一直积铸的品德，我认为是国士的风度。

做人臣的，能为国家危难出生入死而不顾个人得失，这是很少见的了。如今就因为他行一事不当，那些只顾保全自己性命和妻室儿女利益的臣子，就趁势挑拨，借机构陷，我真的心里感到沉痛。而且李陵带领的兵卒不足五千，深入到敌方军事要地，到了单于的地盘，就好像老虎嘴边垂挂诱饵，向强大的胡人挑战。面对亿万敌兵，和单于接连奋战十多天，杀死的敌人都超过了自己军队的人数，使敌人连救死扶伤都顾不上，匈奴首领都震惊万分，于是征调左、右贤王，出动所有善于骑射之人，举国上下共同攻打围击李陵。李陵转战千里，已经没有箭，进退之路断绝，援兵不到，士兵死伤成堆。但只要李陵振臂一呼，鼓舞士气，兵士没有不奋起再战的，流着眼泪，满脸是血，强忍悲泣，拉开空的弓弦，冒着白光闪闪的刀锋，向北拼死杀敌。李陵的军队还没有覆没之时，曾有使者给朝廷送来捷报，公卿王侯都为皇上敬酒祝颂。几天之后李陵兵败之信传来，皇上为此进食不香，处理朝政也不高兴。大臣们忧虑害怕，不知如何是好。我私下里没有考虑自己身份卑贱，见皇上悲痛，很想尽一点心。我认为李陵一直与将士们同甘共苦，换来大家拼死效命，即使是古代名将也没有能超过的。他虽然兵败投降，但看他的意思，其实是想寻找机会再报效汉朝。事情已然无可奈何，但他摧垮、打败敌军的功劳，也向天下人展现了他的本心。我本来打算向皇上陈述我以上的看法，但一直没有合适的时机。恰逢皇上召见，询问我对此事的看法，我就综合这些意见论述了李陵的功劳，想以此宽慰皇上的心，堵住那些攻击、诬陷李陵的言论。我没有完全表达出我的意思，皇上没有深入了解我的想法，认为我是攻击贰师将军，而为李陵辩解，于是把我交给狱官处罚。我的虔诚的心意始终没有机会陈述和辩白，被定了诬上的罪名，皇上也同意了法吏的判决。我家境贫寒，没有钱财拿来赎罪。也没有朋友能出面营救，皇上亲近的大臣也不肯替我说一句话。我不是木头和石块，孤独地与执法官吏在一起，深深地关闭在牢狱之中，我向谁去诉说内心的痛苦呢？这些，都是少卿亲眼所见，我的所作所为难道不就是这样吗？李陵投降，败坏了家族的名声，而我被置于蚕室，更被天下人所耻笑。可悲啊！可悲啊！这些事情是不容易向世俗之人一一解释的。

我的祖先没有剖符丹书的功劳，是职掌文献史料、天文历法的官员，地位近似算卦、祭祀的人，本就是受皇上戏弄并当作倡优来对待的人，被世俗所轻视。如果我伏法被杀，就好比是九牛身上丢了一根毛，和蝼蚁有什么区别？世人不会拿我的死与殉节的人相比，只会认为我无才无德、罪大恶极，不能免于死刑，而最终走向死路罢了。为什么会这样呢？因为一直以来我所从事的职业以及地位，就是会使人们这样看待自己。人本来就有一死，但有的人死得比泰山还重，有的人死得却比鸿毛还轻，这是因为他们用死追求的目的不同。人最主要的是不让祖先受辱，其次是不能让身体受辱，其次是不能因自己的脸色不合礼仪而受辱，其次是不能因为自己的言语不当而受辱，其次是使躯体跪、绑而受辱，其次是穿上囚服而受辱，其次是带上木枷、遭受杖刑而受辱，其次是被剃光头发、脖子戴铁链而受辱，其次是毁坏肌肤、断肢截体而受辱，最下等的就是宫刑了，受辱到了极点。古书上说"刑不上大夫"，这句话的意思是对于士大夫的气节不可不劝勉鼓励。猛虎处于深山之中时，百兽都震恐；等到它落入陷阱和栅栏之中时，就只能摇尾乞食，这是人不断地使用威力和约束而逐渐使它驯服。所以士人见画地为牢绝不进入，面对为彰显刑威而制的木雕假狱吏也绝不接受审判，把思虑计谋定在自我了断上面。如今我手脚捆在一起，被木枷绳索捆绑，皮肤暴露在外，受棍打鞭笞，关在牢狱之中。在这种时候，看见狱吏就叩头触地，看见牢卒就恐惧喘息。这是为什么呢？这是经过长时间的威逼约束所造成的。事情到了这种地步，再谈什么不受侮辱，那就是所谓的厚脸皮了，还有什么值得尊贵的呢？况且像西伯姬昌，作为诸侯的领袖，曾被拘禁在羑里；李斯，身为丞相，也受尽五刑；淮阴侯韩信，被封为王，在陈地被戴上刑具；彭越、张敖被诬告有称帝野心，被捕定罪；绛侯周勃诛杀诸吕，权力大于春秋五霸，也被囚在请罪室中；魏其侯窦婴，是大将，也穿了红色囚衣，戴上刑具；季布铁圈束颈卖身朱家为奴；灌夫被拘于居室而受辱。这些人都是王侯将相，声名传扬邻国，到了犯罪而法网在身之时，都不能下决心自杀，而身处污秽屈辱之地。古今都是一样，哪里有不受辱的呢！照这样说，勇敢或怯懦，都是形势造成的；坚强或懦弱，也是形势造成的。这是很清楚明白的事了，有什么奇怪的呢？况且人不能早在法律制裁之前就自杀，因此逐渐衰颓，到了受刑的时候才想到士大夫的名节，这种心愿和现实难道不会相距太远吗！古人之对大夫慎重用刑，大概就是这个缘故。

人之常情没有不贪生怕死的，挂念父母，顾虑妻儿；至于那些激愤于正义公理的人当然不是这样，是有迫不得已的情况。如今我这样不幸，早早失去双亲，又无兄弟亲近，孤身于世，少卿你看我对妻儿如何呢？况且勇敢的人不一定要为名节去死，怯懦的人如果仰慕大义，什么地方不能勉励自己死节呢？我虽然怯懦软弱，想苟活于世，但也能略微懂得区分弃生就死的界限，怎么会自甘沉溺于牢狱生活而受辱呢！再说奴隶婢妾尚且能决心自杀，何况我已经到了这样的地步！之所以忍受屈辱苟活，陷在污秽的牢狱不肯就死，是遗憾内心尚有志愿未达成。如果平庸死去，文章就不能在后世显露。

古时候富贵但名字磨灭不传的人，多得数不清，只有那些卓越不平常的人才能被世人著称。西伯姬昌被拘而推演《周易》；孔子受困而修编《春秋》；屈原被放逐才写下《离骚》；左丘明失明才有了《国语》；孙膑被去膝盖骨才完成了《孙子兵法》；吕不韦被贬谪才流传《吕氏春秋》；韩非被囚禁于秦写出了《说难》《孤愤》；《诗》三百篇大都是圣贤抒发愤慨而作。这些人皆因感情压抑不解，不能实现理想，所以记述过往，让将来的人能了解他的志向。如左丘明失明，孙膑断脚，终生不能被重用，于是退隐著书抒发心中怨愤，想着活下来从事著作来表现自己的思想。我私下也自不量力用我那不高明的文辞，收集天下散失的历史传闻，考证其真实性，综述事实的本末原委，推究成败盛衰的道理，上自轩辕，下至现在，写成十篇表、十二篇本纪、八篇书、三十篇世家，七十篇列传，一共一百三十篇，也是想研究自然与人之间的关系，贯通古今变化，成为一家的言论。刚开始创作，还没有成书，就遭此灾祸，痛惜这部书不能完成，因此受到极刑也没有怨怒之色。如果真能让我完成这本书，让它藏在名山之中，再传给与自己志同道合的人，让它广传于天下，那便抵偿了我受的所有屈辱，就算受再多屈辱，我也不会后悔！然而这些只能对有见识的人诉说，很难向世俗之人讲清楚。

再说，负罪被辱的处境很不容易安生，地位卑贱的人多被诽谤议论。我说了几句话而遭此大祸，更被同乡、朋友耻笑，污辱祖先，又有什么颜面去双亲坟上祭扫呢？即使百世之后，这污秽和耻辱也会更加深重！因此每日在肺腑肚肠中多次回转，心神不定，好像失去了什么东西一样，出去也不知道往哪儿走。每当想起这件耻辱之事，没有一次不是冷汗从脊背上冒出来沾湿衣襟的。我已成宦官，怎能自己引退，藏于山林隐居呢！所以只得随俗浮沉，跟着形势上下，以表现我的狂放和迷惑。如今少卿教我推贤进士，岂不是与我的私心相违背？现在我虽然想自我雕琢，用好的言辞为自己开脱，也没有什么好处，世俗之人是不会相信的，只会使我自取侮辱。简单来说，人要死后是非才能论定。书信上不能完全表达心意，只是略微陈述我固执、浅陋的意见。

恭敬再拜。

司马迁为完成父亲遗愿，为记录历代贤明君主、忠义臣子的事迹，为历史能够不间断地传承下去，忍受屈辱，不敢自杀了断悲惨的一生，以一己之力完成《太史公书》，成就了《史记》。这是中国最早的通史，它开创了纪传体史书的形式："本纪"叙述帝王，排比大事；"世家"记述王侯和特殊人物；"表"统系年代、世系及人物；"书""志"记载天文、地理、律历、灾异、典章制度；"列传"记人物、周边部族、外国。自《史记》后，历代正史均采用这种体例。司马迁笔下的传记语言生动，人物形象鲜明，不仅是史书，更是文学作品，对后世史学和文学都产生了深远影响。

【书信原文】

太史公牛马走司马迁再拜言。

少卿足下：曩者辱赐书，教以慎于接物，推贤进士为务。意气勤勤恳恳，若望仆不相师用，而流俗人之言。仆非敢如是也。虽罢驽，亦尝侧闻长者遗风矣。顾自以为身残处秽，动而见尤，欲益反损，是以抑郁而无谁语。谚曰："谁为为之？孰令听之？"盖钟子期死，伯牙终身不复鼓琴。何则？士为知己用，女为悦己容。若仆大质已亏缺，虽才怀随和，行若由夷，终不可以为荣，适足以发笑而自点耳。

书辞宜答，会东从上来，又迫贱事，相见日浅，卒卒无须臾之间，得竭指意。今少卿抱不测之罪，涉旬月，迫季冬，仆又薄从上上雍，恐卒然不可讳，是仆终已不得舒愤懑以晓左右，则长逝者魂魄私恨无穷。请略陈固陋。阙然不报，幸勿过。

仆闻之：修身者，智之府也；爱施者，仁之端也；取予者，义之符也；耻辱者，勇之决也；立名者，行之极也。士有此五者，然后可以托于世，列于君子之林矣。故祸莫憯于欲利，悲莫痛于伤心，行莫丑于辱先，而诟莫大于宫刑。刑余之人，无所比数，非一世也，所从来远矣。昔卫灵公与雍渠载,孔子适陈;商鞅因景监见,赵良寒心;同子参乘,爰丝变色:自古而耻之!夫中材之人,事有关于宦竖,莫不伤气,况慷慨之士乎!如今朝虽乏人,奈何令刀锯之余,荐天下豪隽哉!仆赖先人绪业,得待罪辇毂下,二十余年矣。所以自惟:上之,不能纳忠效信,有奇策材力之誉,自结明主;次之,又不能拾遗补阙,招贤进能,显岩穴之士;外之,不能备行伍,攻城野战,有斩将搴旗之功;下之,不能累日积劳,取尊官厚禄,以为宗族交游光宠。四者无一遂,苟合取容,无所短长之效,可见于此矣。乡者,仆亦尝厕下大夫之列,陪外廷末议。不以此时引维纲,尽思虑,今已亏形为扫除之隶,在阘茸之中,乃欲卬首信眉,论列是非,不亦轻朝廷、羞当世之士邪?嗟乎!嗟乎!如仆尚何言哉!尚何言哉!

且事本末未易明也。仆少负不羁之才,长无乡曲之誉,主上幸以先人之故,使得奉薄技,出入周卫之中。仆以为戴盆何以望天,故绝宾客之知,忘室家之业,日夜思竭其不肖之材力,务一心营职,以求亲媚于主上。而事乃有大谬不然者!

夫仆与李陵俱居门下,素非相善也,趣舍

异路，未尝衔杯酒接殷勤之欢。然仆观其为人，自奇士，事亲孝，与士信，临财廉，取予义，分别有让，恭俭下人，常思奋不顾身以徇国家之急。其素所蓄积也，仆以为有国士之风。夫人臣出万死不顾一生之计，赴公家之难，斯已奇矣。今举事一不当，而全躯保妻子之臣随而媒孽其短，仆诚私心痛之。且李陵提步卒不满五千，深践戎马之地，足历王庭，垂饵虎口，横挑强胡，卬亿万之师，与单于连战十余日，所杀过当。虏救死扶伤不给，旃裘之君长咸震怖，乃悉征左、右贤王，举引弓之民，一国共攻而围之。转斗千里，矢尽道穷，救兵不至，士卒死伤如积。然李陵一呼劳军，士无不起，躬流涕，沬血饮泣，张空拳，冒白刃，北首争死敌。陵未没时，使有来报，汉公卿王侯皆奉觞上寿。后数日，陵败书闻，主上为之食不甘味，听朝不怡。大臣忧惧，不知所出。仆窃不自料其卑贱，见主上惨凄怛悼，诚欲效其款款之愚，以为李陵素与士大夫绝甘分少，能得人之死力，虽古名将，不过也。身虽陷败，彼观其意，且欲得其当而报汉。事已无可奈何，其所摧败，功亦足以暴于天下。仆怀欲陈之，而未有路，适会召问，即以此指推言陵功，欲以广主上之意，塞睚眦之辞。未能尽明，明主不深晓，以为仆沮贰师，而为李陵游说，遂下于理。拳拳之忠，终不能自列。因为诬上，卒从吏议。家贫，财赂不足以自赎，交游莫救，左右亲近不为一言。身非木石，独与法吏为伍，深幽囹圄之中，谁可告诉者！此真少卿所亲见，仆行事岂不然邪？李陵既生降，隤其家声，而仆又佴之蚕室，重为天下观笑。悲夫！悲夫！事未易一二为俗人言也。

仆之先人非有剖符丹书之功，文史星历，近乎卜祝之间，固主上所戏弄，倡优畜之，流俗之所轻也。假令仆伏法受诛，若九牛亡一毛，与蝼蚁何异？而世又不与能死节者比，特以为智穷罪极，不能自免，卒就死耳。何也？素所自树立使然。人固有一死，或有重于泰山，或轻于鸿毛，用之所趋异也。太上不辱先，其次不辱身，其次不辱理色[1]，其次不辱辞令，其次诎体受辱，其次易服受辱，其次关木索、被箠楚受辱，其次剔毛发、婴金铁受辱，其次毁肌肤、断肢体受辱，最下腐刑极矣！传曰"刑不上大夫"，此言士节不可不厉也。猛虎处深山，百兽震恐，及其在阱槛之中，摇尾而求食，积威约之渐也。故士有画地为牢，势不可入；削木为吏，议不可对，定计于鲜也。今交手足，受木索，暴肌肤，受榜箠，幽于圜墙之中。当此之时，见狱吏则头抢地，视徒隶则心惕息，何者？积威约之势也。及已至此，言不辱者，所谓强颜耳，曷足贵乎！且西伯，伯也，拘牖里；李斯，相也，具五刑；淮阴，王也，受械于陈；彭越、张敖，南向称孤，系狱具罪；绛侯诛诸吕，权倾五伯，囚于请室；魏其，大将也，衣赭关三木；季布为朱家钳奴；灌夫受辱居室。此人皆身至王侯将相，声闻邻国，及罪至罔加，不能引决自裁。在尘埃之中，古今一体，安在其不辱也？由此言之，勇怯，势也；强弱，形也。审矣，曷足怪乎？且人不能早自裁绳墨❷之外，已稍陵夷❸至于鞭棰之间，乃欲引节，斯不亦远乎！古人所以重施刑于大夫者，殆为此也。

夫人情莫不贪生恶死，念亲戚，顾妻子，至激于义理者不然，乃有不得已也。今仆不幸，早失二亲，无兄弟之亲，独身孤立，少卿视仆于妻子何如哉？且勇者不必死节，怯夫慕义，何处不勉焉？仆虽怯懦，欲苟活，亦颇识去就之分矣，何至自湛溺累绁之辱哉！且夫臧获婢妾，犹能引决，况仆之不得已乎！所以隐忍苟活，函粪土之中而不辞者，恨私心有所不尽，鄙没世而文采不表于后也。

古者富贵而名摩灭，不可胜记，唯倜傥非常之人称焉。盖西伯拘而演《周易》；仲尼厄而作《春秋》；屈原放逐，乃赋《离骚》；左丘失明，厥有《国语》；孙子膑脚，《兵法》修列；不韦迁蜀，世传《吕览》；韩非囚秦，《说难》《孤愤》；《诗》三百篇，大氐贤圣发愤之所为作也。此人皆意有所郁结，不得通其道，故述往事，思来者。乃如左丘明无目，孙子断足，终不可用，退论书策，以舒其愤，思垂空文以自见。

仆窃不逊，近自托于无能之辞，网罗天下放失旧闻，考之行事，稽其成败兴坏之理，上计轩辕，下至于兹，为十表，本纪十二，书八章，世家三十，列传七十，凡百三十篇。亦欲以究天人之际，通古今之变，成一家之言。草创未就，适会此祸，惜其不成，是以就极刑而无愠色。仆诚已著此书，藏之名山，传之其人，通邑大都，则仆偿前辱之责，虽万被戮，岂有悔哉？然此可为智者道，难为俗人言也！

且负下未易居，下流多谤议。仆以口语遇遭此祸，重为乡党戮笑，污辱先人，亦何面目复上父母之丘墓乎？虽累百世，垢弥甚耳！是以肠一日而九回，居则忽忽若有所亡，出则不知所如往。每念斯耻，汗未尝不发背沾衣也。身直为闺阁之臣，宁得自引深藏于岩穴邪？故且从俗浮湛，与时俯仰，以通其狂惑。今少卿乃教以推贤进士，无乃与仆之私指❹谬乎？今虽欲自雕瑑❺，曼辞以自饰，无益，于俗不信，祇取辱耳。要之死日，然后是非乃定。书不能尽意，故略陈固陋。

谨再拜。

【注释】

❶ 理色：情理、面子。

❷ 绳墨：此处指法律。

❸ 陵夷：衰颓。指志气衰微。

❹ 私指：私心。

❺ 雕瑑：雕刻。

路温舒 《尚德缓刑书》
暴吏苛法苦于民,无闻廷史勇进言

　　汉武帝刘彻为击退外敌,开拓疆土,常征战四方,而大规模、多频次的征战却导致国库空虚,百姓劳苦,社会矛盾日益激化。为镇压越来越多的反抗者,维持国家安定,武帝命人大规模增修律法,实行严刑峻法,重用酷吏,甚至恢复了汉文帝废除的连坐等罪法。虽然此措施对遏制贪官、削弱诸侯、镇压起义等起到了一定的作用,却导致刑狱严厉,冤案频生,一度出现了一些令今人无法理解的罪名。武帝后期,律令条文不减反增,常盈于几案书架,无暇翻阅。奸吏趁机以权谋私,套用法令,掌握刑狱之人生死,屈打成招之事不足为奇,冤假错案层出不穷。上至官吏朝臣,下到黎民百姓,无不战战兢兢,人人自危。

及至汉昭帝刘弗陵崩，昌邑王刘贺被废，宣帝刘询被寻回即位，狱政之黑暗仍无改善。

这时，一个叫路温舒的人，向宣帝上书请求减轻刑罚。路温舒平民出身，他儿时牧羊，常编蒲草抄书，学得稍有长进就请求去做狱中小吏，乘机学习律法条令，后被提为狱史、廷尉史等，都非高官。许是因其一直任职于狱史廷尉，能明治狱的弊端，能见酷吏的残忍，能懂百姓的苦楚，又恰逢新帝刘询长于市井，路温舒认为此时正是良机，故而大胆进言：

> 臣听说齐国因有公孙无知杀齐襄公自立的祸乱之事，齐桓公得以兴起；晋国因有骊姬进谗言逼死太子、赶走公子之难，晋文公得以称霸于诸侯；近世因赵王未能善终，加上吕氏作乱，故而文帝才得以继位成为太宗。由此看来，发生祸乱之事，将会给圣明之人的出现提供机会。因此齐桓公、晋文公扶助微小并且复兴衰败的国家，尊崇周文王、周武王的功业，恩泽加于百姓，功劳施及诸侯。这些功绩虽比不上禹、汤和周文王，但全国百姓都因他们的仁政而归服。孝文帝一直有着周全的思虑和崇高的品德，以顺应天意，崇尚仁德，减轻刑罚，放开关卡和桥梁，对远近的百姓一视同仁，像招待贵宾一样尊敬贤才，像爱

护刚出生的婴儿一样爱护黎民百姓，只有自己认为心安意适的事，才可以推广于全国。所以文帝在位期间监狱空虚，天下太平和谐。在经历了动荡的局势之后，一定会有不同于以往的恩典，这便是上天向贤圣明君授予使命的表现。过去，昭帝仙逝而未留有子嗣，臣子们为此忧愁悲痛，焦急之下共同商讨，一致认为昌邑王贵为皇室，与昭帝最亲，于是拥立其为皇帝。可是上天并没有授命于他，而他心志迷乱，最终自取灭亡。臣深刻思考了祸变的缘由，发现是上天在为选立圣人明君创造条件。因此大将军霍光遵从汉武帝的遗命，辅助汉室君王，披肝沥胆，为国决策，罢黜无仁之君，立有德明君，辅助上天之意而行事，从此朝廷社稷得以安稳，天下百姓太平安宁。

臣听闻《春秋》上讲，新帝登基之初，为了天下统一的大事而谨慎地对待开始。陛下您刚登上皇位，符合天意，应该改正前朝的错误，正定这受天之命而继承的国家的纲纪，删除烦琐的法令条款，去除人民的疾苦，使即将消失的好传统得以延续、保存，来顺应天意。

臣听闻秦朝有十个错失，其中一条如今依然存在，那就是与司法官吏有关的问题。秦朝时期，轻视文学，崇尚勇猛武力，轻视仁义之士，尊崇负责审判的官吏，把正义的言论当作诽谤，把阻止犯错的话语称为妖言。所以衣冠整齐的儒家士者不被录用，忠良恳切的话语都郁结于胸中，无法表达；阿谀奉承的声音日日填满双耳，虚假的赞美迷惑了君王的心灵，真实的灾祸却被遮掩。这便是秦朝最终灭亡的原因啊。如今天下无战争之危机，无饥寒之忧虑，父子夫妻都齐心协力，安家置业，这都是因为陛下的恩厚仁德啊。然而天下还没有完全达到安定美满的地方，在于司法刑法管理混乱。刑狱之事，是涉及全国百姓的人命大事，被处决的人再无机会复活，被斩断的肢体也无法再接上。《尚书》上说："与其误杀无罪的人，宁可不遵守规章律法。"现如今负责刑罚的官吏们却不是这样，他们互相驱使，把苛刻当作明察，把酷吏称作公道的好名声，而公平审判的却有诸多祸患。所以负责审判的狱吏们都想把犯人定为死罪，不是因为憎恨他们，而是置犯人于死地才是顾全自己的方式。因此被处决之人的鲜血染红集市，受刑之人肩并肩地站着，每年论千论万的人被处以死刑，这正是仁义圣贤感到伤痛的原因啊。大概太平盛世中唯一不好之处，就是由此引起的。人之常情的是安逸的时候就乐于生存，痛苦的时候只想着去死。

在槌棍的严刑拷问之下,又有什么证据得不到呢?所以被囚之人无法承受酷刑,只得通过编造假话来招供;审案的狱吏们正是利用这一点,随意指出一条罪名,逼供囚犯;狱吏们担心上报的案子被驳回,于是反复推敲研究,罗织各种罪状,陷人于罪。所以套上的罪名一旦被敲定,即便是皋陶来听了审判报告,也认为囚犯死有余辜。为什么会这样呢?这是因为狱吏们广列罪名,又依照法律把所定的罪状写得明明白白。因此狱吏们专门对入狱之人苛刻严酷,毫无止境地残害他们,为了一时的苟且,不顾给国家带来祸患,此乃当世的大害。所以俗话说:"宁愿在地上画一座监牢出来,也不进去;即使面对的是木雕的狱吏,也绝不能与他说话。"这便是众人因为痛恨狱吏而编撰传唱的歌谣和言辞啊。可见天下没有比官吏治狱之乱更为厉害的祸患了。败法乱纪,使亲人离散,使道义受阻,没有比狱吏更凶恶的了。这便是臣所说的,目前还存在的一条错失呀。

臣听闻,乌鸦和老鹰的蛋不遭受毁坏,而后凤凰才会聚集停留;不处死获诽谤之罪的人,然后才会有人耿直谏忠言。因此古人有言:"山林草地里藏着有毒之物,江流湖水也藏污纳垢,美玉里含有瑕玷,一国之君能忍受辱骂。"愿陛下您能废除诽谤罪，用以招纳真心诚恳之言，使天下之人敢于开口讲话，增加人们进言规劝的渠道，消除造成秦亡的过失，推崇周文王、周武王的品德仁政，精简律法条文，缓刑宽罚，以便废除治狱的弊端。那么天下太平的盛世之风就会出现，百姓会一直在和平安定的环境下生活，直到天长地久。那便是天下的幸运了。

路温舒以犀利的文字，将凄厉的惨叫、鲜血淋漓的画面生动地呈现在人们眼前。即使隔着千年时光，仍旧能感受到当时百姓的胆战心惊和谏臣的小心翼翼。在众人求自安的情况下，路温舒冒险上疏，大胆揭露了西汉的司法黑暗，反对"防民之口"，提出要让百姓敢于讲真话，认为严苛酷刑的"治狱之吏"是朝廷政策不善导致的，并劝谏宣帝精简繁文、施行德政、广开言路、放宽刑罚。汉宣帝看了此谏书后，十分欣赏路温舒，同时下令要求官吏公平审判，减轻量刑，不可造成冤假错案。为求公正，选拔廷尉，设置廷平，皇帝亲自决断。然则这一系列措施，只在短期内收到成效，却未动根本。后来涿郡太守郑昌向宣帝提出删定律令的建议，未被宣帝采纳，西汉的律法也基本无大变化。

路温舒虽未真正改变严刑酷吏的司法刑狱问题，但他眼光独到，大胆上书，彰明矫正之法，无论是在当时还是后世，他的做法都具有十分进步的积极意义，他也因这次勇敢的进言名留青史。

【书信原文】

臣闻齐有无知❶之祸，而桓公以兴；晋有骊姬之难，而文公❷用伯；近世赵王不终，诸吕作乱，而孝文为太宗。由是观之，祸乱之作，将以开圣人也。故桓、文扶微兴坏，尊文、武之业，泽加百姓，功润诸侯，虽不及三王❸，天下归仁焉。文帝永思至德，以承天心，崇仁义，省刑罚，通关梁，一远近，敬贤如大宾，爱民如赤子，内恕情之所安，而施之于海内，是以囹圄空虚，天下太平。夫继变化之后，必有异旧之恩，此贤圣所以昭天命也。

往者，昭帝即世而无嗣，大臣忧戚，焦心合谋，皆以昌邑尊亲，援而立之。然天不授命，淫乱其心，遂以自亡。深察祸变之故，乃皇天之所以开至圣也。故大将军受命武帝，股肱汉国，披肝胆，决大计，黜亡义，立有德，辅天而行，然后宗庙以安，天下咸宁。

臣闻《春秋》正即位，大一统而慎始也。陛下初登至尊，与天合符，宜改前世之失，正始受命之统，涤烦文，除民疾，存亡继绝，以应天意。

臣闻秦有十失，其一尚存，治狱之吏是也。秦之时，羞文学，好武勇，贱仁义之士，贵治狱之吏，正言者谓之诽谤，遏过者谓之妖言，故盛服先生不用于世，忠良切言皆郁于胸，誉谀之声日满于耳，虚美熏心，实祸蔽塞。此乃秦之所以亡天下也。方今天下赖陛下恩厚，亡金革之危、饥寒之患，父子夫妻勠力❹安家，然太平未洽者，狱乱之也。夫狱者，天下之大命也，死者不可复生，绝者不可复属。《书》曰："与其杀不辜，宁失不经。"今治狱吏则不然，上下相驱，以刻为明，深者获公名，平者多后患。故治狱之吏皆欲人死，非憎人也，自安之道在人之死。是以死人之血流离于市，被刑之徒比肩而立，大辟❺之计岁以万数，此仁圣之所以伤也。太平之未洽，凡以此也。夫人情安则乐生，痛则思死。棰楚之下，何求而不得？故囚人不胜痛，则饰辞以视之；吏治者利其然，则指道以明之；上奏畏却，则锻练而周内❻之。盖奏当之成，虽咎繇❼听之，犹以为死有余辜。何则？成练者众，文致之罪明也。是以狱吏专为深刻，残贼而亡极，偷❽为一切，不顾国患，此世之大贼也。故俗语曰："画地为狱，议不入；刻木为吏，期不对。"此皆疾吏之风，悲痛之辞也。故天下之患，莫深于狱；败法乱正，离亲塞道，莫甚乎治狱之吏。此所谓一尚存者也。

臣闻乌鸢之卵不毁，而后凤凰集；诽谤之罪不诛，而后良言进。故古人有言："山薮藏疾，川泽纳污，瑾瑜匿恶，国君含诟。"唯陛下除诽谤以招切言，开天下之口，广箴谏之路，扫亡秦之失，尊文、武之德，省法制，宽刑罚，以废治狱，则太平之风可兴于世，永履和乐，与天亡极。天下幸甚！

【注释】

❶无知：公孙无知，春秋时齐人。他曾杀死齐襄公，自立为齐君。

❷文公：晋文公重耳。

❸三王：指夏禹、商汤、周文王。

❹戮（lù）力：齐心协力。

❺大辟：死刑。

❻周内（nà）：网罗罪名，陷人于罪。内，同"纳"，容纳。

❼咎繇（gāoyáo）：即皋陶，相传他曾经被舜任命为掌管刑狱的官员。

❽偷：苟且。

三国两晋南北朝

鞠躬尽瘁为国事

曹植 《求自试表》
引伸微婉，一片血忱

历史上，为了争权夺位而手足相残之事时常发生在王侯之家。曹操之子曹丕、曹植便是因为立储之争导致兄弟反目成仇的。曹植、曹丕同为卞夫人所出，曹丕比曹植年长五岁。兄弟俩自幼聪慧，皆是博学多才之人，相较而言，曹植更具才情，也较为任性。早年间，曹植深得父亲曹操的喜爱，对他多有提拔，一度欲立为太子，曹丕因此对弟弟曹植心有防范。

曹植性情狂放不羁，嗜酒且常因醉误事。217年，醉酒的曹植驾车夜闯司马门，惹得曹操大怒，此后对曹植的喜爱日渐减少。同年曹丕被立为魏太子，争位失败的曹植整日郁郁寡欢，常常借酒消愁，大有破罐破摔之意。219年，曹操的堂弟曹仁为关羽所围，曹操欲命曹植带兵前去解救曹仁,可曹植却喝得酩酊大醉,难以受命。曹操失望至极,对曹植再无偏爱。

220年,曹操病逝,曹丕篡夺汉室皇位,建立魏朝。称帝后的曹丕开始连番压制众兄弟,尤其对曹植,几次欲杀之。但是碍于母亲的压力,一直没能下手。但死罪可免,活罪难逃,此后的曹植一直生活在处处被猜忌、被打压、被针对的苦闷之中。为了剪掉曹植的羽翼,曹丕几乎将为曹植说话的人斩尽杀绝,并找借口治曹植的罪,将曹植贬至外地。可这还不够,曹丕经常为曹植更换封地,让其辗转各地,不得安稳。

几年后,曹丕去世,其子曹叡即位。虽然曹叡对曹植仍然严加防范,但是态度却宽和许多。一直心存大志却壮志难酬的曹植似乎看到了一丝希望,于是在228年向曹叡上表乞求自试以求任用:

臣曹植进言:我听说君子生于世间,在内就侍奉父亲,在外就侍奉君王;侍奉父亲崇尚的是让父母感到荣光,侍奉君主最重要的是让国家发达。因此即便是慈父也不会疼爱无法让家族获益的儿子,即使是仁君也不会蓄养不能产生效用的臣子。成功的君王依据臣子的品德来授予官职,忠心耿耿的大臣根据自己的才能来接受爵位。所以君主不会随意授予官职,大臣不会无故地接受爵位。无故授官叫作谬举,无故接受官职叫作尸禄,《诗经》中"素餐"讲的就是这个意思。昔日虢仲、虢叔担任两国君主而不推辞,是因为品德深厚;姬旦、姬奭接受了燕国、鲁国的封地,是因为功劳巨大。现在臣承蒙国家深重的恩情,到现在已经经历了三代君王。恰逢陛下当政时期,四海升平,臣沐浴着陛下的福泽,浸润到品德的教育,可以说是恩情厚重了!然而我窃居东藩封地,位居上等爵位,穿着轻柔温暖的华服,吃腻了珍馐美味,看够了奢华的事物,听倦了醉人的音乐,这都是身居高位、享受高俸禄导致的。退一步思考古时候那些接受高官厚禄的人,跟我不一样,他们建功立业,报效国家,尽心辅佐君主,惠及百姓。现在我没有功德可以讲述,没有功劳可以记录。如果像这样度日,不能为朝廷带来益处。将会遭受诗人们"德行与华服不匹配"的讥讽。所以往上愧对君王,向下愧对官职。

现在天下统一,九州安定,往西面看还有违背命令的蜀国,东面还有尚未归附的吴国,使得边境的百姓不能卸下战甲,谋士不能高枕无忧,他们真诚地盼望天下能够统一,达到一个太平盛世。所以夏启诛杀有扈而夏朝功绩显赫,周成王讨伐商国和奄国,周朝功德昭著。如今陛下以圣明治理国家，想要实现武王、文王那样的功德，延续周成王、周康王时期的兴盛，选贤举能，任用像方叔、召虎一样的贤臣，镇守四方，成为国家的勇力之士，可以说很对啊。然而高飞的禽鸟没有被箭射下，深渊的游鱼没有悬于鱼钩上，恐怕是射箭、垂钓的技术还没有达到极致。从前，耿弇还没有等到光武帝的到来，便迅速出兵打败了齐将张步，他说不要把敌人留给君主。因此坐在齐王车驾右侧的侍从因为左边车毂响了而自杀，雍门狄因为越国军队攻入而在齐国自刎，像这两个人，难道是厌倦活着，崇尚死亡吗？实在是因为气愤自己怠慢了君主、欺凌君主罢了。君王的宠臣，想要排除祸患，创造利益；大臣侍奉君王，一定要舍身平定动乱，用功劳报答君王。昔日贾谊刚成年时，请求去往附属国，用绳子系住单于的脖子控制他的命运；终军在年少时出使越国，想用长绳抓住越国国君，羁押他到汉朝宫殿。这两位大臣，难道喜欢在君主面前邀功、在世俗面前炫耀吗？志向也许被压抑，想要施展他的才能，就要向英明的君主贡献自己的能力。以前汉武帝为霍去病建造府第，霍去病推辞说："匈奴还没有灭亡，臣不可以安家。"所以担忧国家而忘记自己的小家，舍弃生命而帮助国家渡过难关，这是忠臣的志向。现在我身处外地，俸禄优厚，却夜不能寐，食不知味，只是因为挂念着吴、蜀两国还没有平定。

我听闻曾经跟随武皇帝的年老旧将，有一些已经离世。虽然天下不缺贤人，但老兵旧将，仍在演习战术。我私下不自量力，志在为国效命，希望能立下像毛发那么小的功劳，来报答所受到的恩典。如果陛下下一道不凡的诏书，让我尽微小的才能，在西面的话，拜属大将军曹真门下，率领一校的兵马，在东面的话，从属于大司马曹休，统领协助作战的小船，我一定冒险前进，驾舟疾驰，策马奔腾，在战场上与敌人刀锋相撞，身先士卒。即使不能生擒孙权，俘虏诸葛亮，也要俘虏敌方将领，歼灭士卒。我必须获得一时的胜利，来减轻终身的羞愧，使得我的名字能被写入史书，我的事迹得到朝廷表彰。即使我的身体在蜀国被砍成两半，我的头颅悬挂在吴国的宫阙上，我也感到虽死犹生。如果我微小的能力得不到试用，埋没在世间无人听闻，白白地享有名声和健壮的身体，活着对世间没有益处，死了对国家的运数没有损害，虚担高位，有愧于厚禄，像禽鸟一样无所事事，直到白头，这是被圈养的牲畜，不是我的志向啊。传闻伐吴的军队失于防备，战败受挫，我听闻后忘记了饮食，激动得撸起衣袖，抚摸着宝剑向东远望，而心已经驰骋在吴地了。

我以前追随武皇帝，向南走到赤壁的尽头，往东到达东海，向西走到了玉门关，往北走出了北长城，恭敬地看到武皇帝调兵遣将、行军打仗的方法，可以说得上是神机妙算了。所以用兵之道不能事先准备，而是在遇到困境时能够灵活应变。我的志向是想为这个圣明的时代效力，在圣明的天下建立功业，每当我阅读史书，看到古代的忠臣义士，遵循一朝的命令，舍身救国，虽然身体遭受屠杀，但他的功勋被镌刻在景钟上，名字被记载于史书中时，我未尝不抚心而叹息。

我听说英明的君主任用臣子，并不会弃置那些曾遭受罪罚的人。打了败仗的臣子被任用，秦、鲁两国因此成就大业；绝缨盗马的臣子被赦免，楚、秦两国因此度过危难。我私下里感叹先帝早早崩逝，任城王也逝世了，我难道是什么特殊之人，可以活得长久吗？时常担心自己比晨露还容易消逝，身死后被埋在沟壑中，坟墓上的土还没有干，功名声誉就连同身体一同消亡了。我听说骏马嘶鸣一声，伯乐就能看出它的潜能；名犬哀嚎几下，韩国就能明白它的本领。因此效验千里马奔驰远路,来施展它行驶千里的才能;让韩卢犬追赶灵敏狡猾的兔子,来验证它搏击撕咬的本领。现在我志在为国家效犬马之劳,暗自思量,但始终没有伯乐、韩国的赏识,因此内心愁闷而暗自悲痛。

那些看见对弈就提起后跟的人,还有那些听到音乐就暗自跟着节奏打拍子的人,有的人也是通晓音乐、懂得棋局的。以前毛遂只是赵国地位低微的家臣,尚且依靠锥囊的比喻来使平原君醒悟,从而成就功业。何况是在贤士云集的魏国,又怎么会没有为了国家慷慨舍身的臣子呢!士子自我夸耀才能,女子给自己做媒,这都是陋行;求合于时俗来取进,是道家明确忌讳的。然而我之所以斗胆将自己的思想和见识陈述给陛下听,实在是因为我与您是骨肉至亲,休戚与共。希望我能用尘沙、雾气一样渺小的力量,来为山海增益;用萤火、蜡烛一样微弱的光芒,来为日月增添光辉。因此我冒着丑行来贡献我的忠心,我清楚这必定会遭到朝中大臣的嘲笑。圣明的君主不会因为对某人有成见而不听取他的言论,恭敬地希望陛下稍微听一听我的意见,那么我就感到非常荣幸了!

《三国志》记载曹植写此表的原因是"植常自愤怨，抱利器而无所施"。事实也是如此，曹植先是引经据典，谈及自己身为人臣尚无功德却享受荣华而深感惭愧，希望可以"以功勤济国，辅主惠民"。随后又论及天下虽定，但仍有未除的隐患，而自己尚有几分才能，曾经也征战过沙场，再次向曹叡请愿以功报主、为国效命。此表结构严谨、感情真挚，充分表达出曹植怀才不遇的苦闷和乞求任用的真诚。

　　然而曹叡对曹植依然抱有戒心，他无视曹植渴望建功立业、施展抱负的请求，继续对其压制。229年又将曹植徙封至东阿。232年，曹植被封为陈王，再次看到希望的曹植时常请求单独面见曹叡，论述时政，求得试用的机会，但都被拒绝。此后的曹植更是郁郁寡欢，不久便因病而终。

【书信原文】

　　臣植言：臣闻士之生世，入则事父，出则事君；事父尚于荣亲，事君贵于兴国。故慈父不能爱无益之子，仁君不能畜无用之臣。夫论德而授官者，成功之君也；量能而受爵者，毕命之臣也。故君无虚授，臣无虚受。虚授谓之谬举，虚受谓之尸禄，《诗》之"素餐"所由作也。昔二虢不辞两国之任，其德厚也；旦、奭不让燕、鲁之封，其功大也。今臣蒙国重恩，三世于今矣。正值陛下升平之际，沐浴圣泽，潜润德教，可谓厚幸矣！而窃位东藩，爵在上列，身被轻暖，口厌❶百味，目极华靡，耳倦丝竹者，爵重禄厚之所致也。退念古之受爵禄者，有异于此，皆以功勤济国，辅主惠民。今臣无德可述，无功可纪，若此终年无益国朝，将挂风人"彼其"之讥。是以上惭玄冕，俯愧朱绂❷。

  方今天下一统，九州晏如。而顾西有违命之蜀，东有不臣之吴，使边境未得脱甲，谋士未得高枕者，诚欲混同宇内以致太和也。故启灭有扈而夏功昭，成克商、奄而周德著。今陛下以圣明统世，将欲卒文、武之功，继成、康之隆，简贤授能，以方叔、召虎之臣，镇御四境，为国爪牙者，可谓当矣。然而高鸟未挂于轻缴，渊鱼未悬于钩饵者，恐钓射之术或未尽也。昔耿弇不俟光武，亟击张步，言不以贼遗于君父。故车右伏剑于鸣毂，雍门刎首于齐境。若此二士，岂恶生而尚死哉？诚忿其慢主而陵君也。夫君之宠臣，欲以除患兴利；臣之事君，必以杀身靖乱，以功报主也。昔贾谊弱冠求试属国，请系单于之颈而制其命。终军以妙年使越，欲得长缨缨其王，羁致北阙。此二臣，岂好为夸主而耀世哉！志或郁结，欲逞其才力，输能于明君也。昔汉武为霍去病治第，辞曰："匈奴未灭，臣无以家为！"夫忧国忘家，捐躯济难，忠臣之志也。今臣居外，非不厚也，而寝不安席，食不遑味者，恒以二方未克为念！

伏见先武皇帝武臣宿将年者即世者有闻矣。虽贤不乏世，宿将旧卒犹习战陈，窃不自量，志在效命，庶立毛发之功，以报所受之恩。若使陛下出不世之诏，效臣锥刀之用，使得西属大将军，当一校之队；若东属大司马，统偏舟之任，必乘危蹈险，骋舟奋骊，突刃触锋，为士卒先。虽未能擒权馘❸亮，庶将虏其雄率，歼其丑类，必效须臾之捷，以灭终身之愧，使名挂史笔，事列朝策。虽身分蜀境，首悬吴阙，犹生之年也。如微才弗试，没世无闻，徒荣其躯而丰其体，生无益于事，死无损于数，虚荷上位而忝重禄，禽息鸟视❹，终于白首，此徒圈牢之养物，非臣之所志也。流闻东军失备，师徒小衄，辍食弃餐，奋袂攘衽，抚剑东顾，而心已驰于吴会矣。

臣昔从先武皇帝南极赤岸❺，东临沧海，西望玉门，北出玄塞，伏见所以行师用兵之势，可谓神妙矣！故兵者不可豫言，临难而制变者也。志欲自效于明时，立功于圣世。每览史籍，观古忠臣义士，出一朝之命，以徇国家之难，身虽屠裂，而功铭著于鼎钟，名称垂于竹帛，未尝不拊心而叹息也。

臣闻名主使臣，不废有罪。故奔北败军之将用，而秦、鲁以成其功；绝缨盗马之臣赦，而楚、赵以济其难。臣窃感先帝早崩，威王弃世，臣独何人，以堪长久。常恐先朝露，填沟壑，坟土未干，而身名并灭。臣闻骐骥长鸣，则伯乐照其能；卢狗悲号，则韩国知其才。是以效之齐、楚之路，以逞千里之任；试之狡兔之捷，以验搏噬之用。今臣志狗马之微功，窃自惟度，终无伯乐、韩国之举，是以忾而窃自痛者也。

夫临博而企竦，闻乐而窃抃者，或有赏音而识道也。昔毛遂，赵之陪隶，犹假锥囊之喻，以寤主立功，何况巍巍大魏多士之朝，而无慷慨死难之臣乎！夫自衒自媒者，士女之丑行也；干时⑥求进者，道家之明忌也。而臣敢陈闻于陛下者，诚与国分形同气，忧患共之者也。冀以尘雾之微，补益山海；荧烛末光，增辉日月。是以敢冒其丑而献其忠，必知为朝士所笑。圣主不以人废言，伏惟陛下少垂神听，臣则幸矣！

【注释】

❶厌：满足。

❷朱绂：古代系佩玉的红绳，代指官位。

❸馘（guó）：即杀死敌人，将其左耳割下。

❹禽息鸟视：如同禽鸟一般生长和视听，比喻无所事事。

❺赤岸：指赤壁，在今湖北赤壁蒲圻。

❻干时：谋求于当时。

诸葛亮 | 《出师表》
鞠躬尽瘁，死而后已

220年，把控东汉王朝多年的一代枭雄曹操去世。汉献帝刘协让帝位给曹丕，有着四百多年历史的大汉王朝至此终结。221年，刘备以"汉室宗亲""匡扶汉室"之名于蜀地称帝，国号"汉"，史称"蜀汉"。然而刘备登基才两年，统一天下的心愿还未完成，就带着遗憾病逝于白帝城。病危之际，刘备唤丞相诸葛亮于床前，垂涕托孤，恳请诸葛亮辅佐其子刘禅，诸葛亮含泪立誓效忠，至死不渝。

刘禅继位后，封诸葛亮为武乡侯，大小国事都听从于他，对其十分依赖。奈何诸葛亮年事已高，自知不能辅助刘禅终身，只能尽力将所有事为刘禅安排好。然而蜀国新立，政权未稳，北有曹魏虎视眈眈，

> 书信里的中国：家国情怀

东有孙吴心怀鬼胎。诸葛亮为保住蜀汉，先是与东吴重修于好，休养生息后，再出兵南中平定叛乱。做足准备后，诸葛亮欲出师北伐曹魏，兴复汉室，夺取旧都。许是担忧自己离蜀后朝内动乱，便留长史张裔、参军蒋琬管理政务，又担忧刘禅暗弱无断，临行前又噙着眼泪写下《出师表》上书刘禅：

先帝创立的统一大业还未完成就不幸中途离世。现在天下三足鼎立，蜀地民生凋敝，国力衰微，这实在是到了国家存亡绝续的关键时候啊。但是朝廷内的侍从和守卫们兢兢业业，忠心耿耿的将士们在战场上奋不顾身，这是因为他们感念先帝对他们的厚遇，想要报答陛下。陛下您应当广泛地听从别人提出的良策和意见，将先帝生前的美好品德发扬光大，振奋士气，不要妄自菲薄，说不合道理的话，以至于堵塞臣子们忠心劝谏的言路。

皇宫和丞相府都是一体的，赏罚与批评赞美不应该有所不同。如有作奸犯科或者善良忠诚的人，那都应当交给专门的部门来判定他们的奖罚，以示陛下治理国事公平严明，不应该偏袒或藏私，使宫内和府中的刑赏法令不同。

侍中、侍郎郭攸之、费祎、董允等人忠厚

诚实、善良纯洁，所以先帝选择他们辅助陛下。臣认为宫中的事情不分大小，都应该跟他们请教后再去施行，这样可以查漏补缺，获得更多的益处。

将军向宠，性格善良，品行端正，精通军事，以前先帝任用他时常称赞他贤能，因此大家举荐他做中部督。臣认为军营中无论大小之事都应该征询于他，这样才能让军队上下一心，使才能高低的人都可以各得其所。

亲近贤臣，远离小人，这是前汉能兴旺强盛的原因；亲近小人，远离贤臣，这是后汉衰退倾覆的原因。先帝在世时，每当与臣讨论这些事，都会对桓帝、灵帝发出叹息并为此感到痛心遗憾。侍中、尚书、长史、参军都是忠良之人，是愿意舍弃生命尽忠报国的大臣，希望陛下亲近信任他们。这样的话，汉室的兴盛就指日可待了。

臣原本是一介平民，在南阳亲身耕种，在乱世中苟且偷生，不奢望在诸侯中显达扬名。先帝不介意臣出身低微，自降身份，枉驾屈就，三次到臣的茅庐中探望，询问臣对当下政事的看法，臣非常感动，所以就答应为先帝奔走效力。后来遇到兵败，臣在危难之际担当责任，接受命令一直到现在已经有二十一年了。

先帝知道臣处事谨慎，所以在弥留之际将国家大事托付于臣。臣受命以来，日夜忧愁叹息，唯恐先帝的托付无法实现，以致损害了先帝的英明，所以臣在五月领兵横渡泸水，深入到荒无人烟之地。现在南方已经平定，兵马装备充足，这时候应该激励并率领将士们平定中原，希望尽臣的平庸之能能够铲除奸邪凶恶之人，兴复汉朝王室，使陛下回到旧都。这是臣用以报答先帝、效忠陛下的职责本分。至于斟情酌理、有所兴办、毫无保留地进献忠言，那是郭攸之、费祎、董允的责任。

希望陛下将讨伐曹魏、匡扶汉室的重任交付于臣，如果臣没有完成就治臣的罪，以告慰先帝的在天之灵。如果没有振兴陛下恩德的言论，那就责备郭攸之、费祎、董允等人的疏忽，来揭示他们的错误。陛下也应该自己谋划，询问治理国家的好计策，考察并采纳正确的言论，深切追念先帝的遗诏。臣蒙受皇恩，不胜感激。臣今天到了要离开陛下的时候了，面临着这份奏表潸然泪下，也不知道说了些什么话。

未有豪言壮语，也无华丽辞藻，言语平和却真情流露，未表忠心却句句都是为主为国。这一次北伐，诸葛亮或许有一去不复返的忧虑，或许担忧内政不稳影响北伐的步伐，因此他从局势、公事、内政、用人等方面事无巨细地向刘禅交代，就像是要出远门的老父亲因放心不下守家的儿子，反复叮嘱。许多人觉得刘禅无能，使得诸葛亮出个远门都不能安心，是"扶不起的阿斗"。可是在诸葛亮眼里，刘禅却是一个"天资仁敏，爱德下士"之人。而刘禅对诸葛亮也是十分信任，尊为相父。虽说辅佐刘禅是受先王所托，但能这样事必躬亲、倾囊相授，恐怕不仅仅是因为先帝之托，还因为他与刘禅之间长久以来建立的堪比父子的感情。

这次北伐后，诸葛亮又发动四次对曹魏的进攻，但都失败而归。最后一次北伐曹魏时，诸葛亮未能归来，病倒于前线，再也不能起身去实现他的雄图伟业，带着遗憾离去。纵观诸葛亮的一生，有半生在为刘备父子的基业奔走劳累，正如他自己所言：鞠躬尽瘁，死而后已。

【书信原文】

先帝创业未半而中道崩殂，今天下三分，益州疲弊，此诚危急存亡之秋也。然侍卫之臣不懈于内，忠志之士忘身于外者，盖追先帝之殊遇，欲报之于陛下也。诚宜开张圣听，以光先帝遗德，恢弘志士之气，不宜妄自菲薄，引喻失义，以塞忠谏之路也。

宫中府中，俱为一体，陟❶罚臧否❷，不宜异同。若有作奸犯科及为忠善者，宜付有司论其刑赏，以昭陛下平明之理，不宜偏私，使内外异法也。

侍中、侍郎郭攸之、费祎、董允等，此皆良实，志虑忠纯，是以先帝简拔以遗陛下。愚以为宫中之事，事无大小，悉以咨之，然后施行，必得裨❸补阙漏，有所广益。

将军向宠，性行淑均，晓畅军事，试用于昔日，先帝称之曰能，是以众议举宠为督。愚以为营中之事，悉以咨之，必能使行阵和睦，优劣得所。

亲贤臣，远小人，此先汉所以兴隆也；亲小人，远贤臣，此后汉所以倾颓也。先帝在时，每与臣论此事，未尝不叹息痛恨于桓、灵也。侍中、尚书、长史、参军，此悉贞良死节之臣，愿陛下亲之信之，则汉室之隆，可计日而待也。

臣本布衣，躬耕于南阳，苟全性命于乱世，不求闻达于诸侯。先帝不以臣卑鄙，猥自枉屈，三顾臣于草庐之中，谘臣以当世之事，由是感激，遂许先帝以驱驰❹。后值倾覆，受任于败军之际，奉命于危难之间，尔来二十有一年矣。

先帝知臣谨慎，故临崩寄臣以大事也。受命以来，夙夜忧叹，恐托付不效，以伤先帝之明，故五月渡泸，深入不毛。今南方已定，兵甲已足，当奖率三军，北定中原，庶竭驽钝，攘除奸凶，兴复汉室，还于旧都。此臣所以报先帝而忠陛下之职分也。至于斟酌损益，进尽忠言，则攸之、祎、允之任也。

愿陛下托臣以讨贼兴复之效；不效，则治臣之罪，以告先帝之灵。若无兴德之言，则责攸之、祎、允等之慢，以彰其咎。陛下亦宜自谋，以谘诹善道❺，察纳雅言，深追先帝遗诏。臣不胜受恩感激。今当远离，临表涕零，不知所言。

【注释】

❶ 陟（zhì）：提拔，提升。

❷ 臧否（pǐ）：赞扬和批评。

❸ 裨（bì）：补救，弥补。

❹驱驰：奔走效劳。

❺谘诹（zōu）善道：询问治国的好方法。诹，询问。

李密 | 《陈情表》
侍奉祖母，辞不就职

265年，司马炎谋朝篡位，迫使魏元帝曹奂将帝位禅让于他，改魏为晋，史称西晋。新朝初立，时局动荡，司马炎得位不正，难以服众，为了彰显新帝的宽仁开明，巩固新政权，收买人心，司马炎竭力拉拢蜀汉人士。因司马家族有弑君、篡位等为众人不齿的行为，西晋朝廷不好以忠治国，故而大力提倡孝道。听闻曾为蜀汉郎官的李密仁孝至极，司马炎欲招其为太子洗马。

李密生于蜀地，身世坎坷，幼年丧父后其母另嫁，李密由祖母刘氏亲自抚养，祖孙俩相依为命，感情深厚。虽成长艰难，但李密自幼好学，博览群书，机警辨捷，拜大学者谯周为师，入朝为官。魏灭蜀后，李密回归故里办学授课，魏国大将邓艾仰慕李密才华，欲招其入幕，李密以祖母年事已高需人侍奉为由拒绝邀请。

经历改朝换代，此时天下以晋国为主导，李密的旧主、师父均已投降，但是面对新主司马炎的授任，他并无半分喜悦。许是身为蜀汉旧臣，顾念旧情，不愿侍奉新主；许是对新主不熟悉，担忧前途不明，不敢贸然决定；但更多的还是他的祖母年老多病，让他无法割舍。

可是推辞皇帝与拒绝大臣不一样，稍有不慎，便会招致祸患，性命难保。唯恐司马炎起疑，李密只得从自己悲苦的身世着手，再次以侍奉祖母为由，上表解释：

> 臣李密言：我由于命途坎坷，小时候就遭遇磨难。刚出生六个月，慈爱的父亲就离我而去；在我四岁的时候，舅舅逼迫母亲改嫁。我的祖母刘氏，可怜我年幼丧父，就亲自抚养我。我年幼时经常生病，九岁时还无法走路。孤苦伶仃，一直到长大成人。既没有叔伯，也没有兄弟，家门衰败、福分微薄，很晚才有儿子。在外面没有血缘关系比较近的亲属，在家里又没有照顾门户的童仆，形单影只、无依无靠。但祖母很早之前就身患疾病，常年躺在床上，我服侍她吃饭喝药，

从来就没有停止侍奉而离开她。

到了晋朝建立,我亲身承受清明的教化。前任太守逵,因为臣孝敬亲人、品行清廉而举荐我,后来的刺史荣又推举我为秀才。我因为没有旁人来侍奉照顾祖母,就辞谢了,没有接受任命。朝廷又特地下了诏书,任命我为郎中,不久后又受到国家恩命,又让我担任太子洗马。我出身卑贱、地位低下,担任侍奉太子的官职,这样的恩泽实在不是我用性命所能报答的。我将这些全部写奏章禀告了,推辞了不去任职。但是皇上又下了一份急切严厉的诏书,责备我怠慢逃避;郡县长官催逼我即刻动身;州地长官登门催促,比流星下坠的火光还要急切。我很想遵循命令奔赴朝廷就职,可是祖母刘氏的病却越来越重;想姑且迁就自己的私情,但请求得不到允许。我实在是进退两难、非常狼狈啊。

我俯伏思考,圣朝是用孝道来统理国家的,凡是年高德劭的老臣,尚且受到爱惜抚养,何况我更加孤苦、情况更加特殊呢。况且我年轻时在蜀地做过官,担任过郎官衔署等各种官职,原本就希望为官显赫闻达,并不爱惜自己的声誉。如今我就是低贱的蜀国旧臣,非常卑下浅陋,承蒙过分的提拔,任命恩惠且优厚,哪里敢迟疑徘徊而有非分之想呢？只是因为祖母刘氏大限将至，奄奄一息，情况危急，朝不保夕了。如果没有祖母，我就无法活到今天；祖母如果没有我的照顾，也不能度过剩下的日子。我们祖孙两个人，相依为命，因此我十分恳切地不愿离开我的祖母而远赴京城。

我现在四十四岁了，祖母今年已经九十六岁了，我效忠陛下还有很长的日子，但我孝敬报答祖母的时间已经不多了。我怀着乌鸦反哺的孝心，请求能允许我为祖母养老送终。我的艰难处境，不仅是蜀地的百姓和太守逵、刺史荣可以看到并知晓，连天地神明也都看得清楚明白。期望陛下能怜悯我愚拙的诚心，同意我这微小的愿望。祖母刘氏或许可以有幸过完余生。我活着的时候不惜牺牲性命也应当效忠朝廷，死后也要结草衔环来报答陛下的恩情。我像犬马一样诚惶诚恐，谦卑地写下奏章来使陛下知道这件事。

李密构思缜密，文笔细腻。深入阅读，不禁感动落泪，正如《古文观止》所评价：至性之言，自尔悲恻动人！

果然，司马炎读后赞叹不已，不仅允许李密辞不就职，还让郡县提供好的食物给其祖母食用，并赏赐他两名奴婢一起奉养祖母,直到其祖母刘氏去世。

孝期后,李密接受司马炎的任命,入仕为官,因其政治清明,性情刚正秉直,为官期间,名声很好。后来,或许朝政已稳,晋武帝不再需要李密,或许顾虑其蜀汉旧臣的身份,李密并未得到重用,入仕没几年,李密便回归平民身份,最后卒于家中。

【书信原文】

臣密言:臣以险衅❶,夙遭闵凶。生孩六月,慈父见背;行年四岁,舅夺母志。祖母刘愍臣孤弱,躬亲抚养。臣少多疾病,九岁不行,零丁孤苦,至于成立。既无叔伯,终鲜兄弟,门衰祚❷薄,晚有儿息。外无期功强近之亲,内无应门五尺之僮,茕茕孑立,形影相吊。而刘夙婴疾病,常在床蓐,臣侍汤药,未曾废离。

逮奉圣朝,沐浴清化。前太守臣逵察臣孝廉,后刺史臣荣举臣秀才。臣以供养无主,辞不赴命。诏书特下,拜臣郎中,寻蒙国恩,除臣洗马。猥以微贱,当侍东宫,非臣陨首所能上报。臣具以表闻,辞不就职。诏书切峻,责臣逋慢❸;郡县逼迫,催臣上道;州司临门,急于星火。臣欲奉诏奔驰,则以刘病日笃;欲苟顺私情,则告诉不许:臣之进退,实为狼狈。

伏惟❹圣朝以孝治天下，凡在故老，犹蒙矜育，况臣孤苦，特为尤甚。且臣少事伪朝，历职郎署，本图宦达，不矜名节。今臣亡国贱俘，至微至陋，过蒙拔擢，宠命优渥，岂敢盘桓❺，有所希冀。但以刘日薄西山，气息奄奄，人命危浅，朝不虑夕。臣无祖母，无以至今日；祖母无臣，无以终余年。母孙二人，更相为命，是以区区❻不能废远。

臣密今年四十有四，祖母刘今年九十有六，是臣尽节于陛下之日长，报刘之日短也。乌鸟私情，愿乞终养。臣之辛苦，非独蜀之人士及二州牧伯所见明知，皇天后土实所共鉴。愿陛下矜愍愚诚，听臣微志。庶刘侥幸，卒保余年。臣生当陨首，死当结草。臣不胜犬马怖惧之情，谨拜表以闻。

【注释】

❶险衅：艰难祸患，指命运坎坷。

❷祚：福分。

❸逋（bū）慢：有意拖延，怠慢上命。逋，逃避。慢，轻慢、怠慢。

❹伏惟：旧时奏表中臣对君的敬称。

❺盘桓：犹疑不决的样子。

❻区区：自己的私情。

丘迟 《与陈伯之书》
博闻善辩,不战而屈人之兵

丘迟出身文人世家,年少高华,原是南朝齐大臣,官至殿中郎。梁武帝萧衍平定建康城后,丘迟被选拔为骠骑主簿,受到礼遇。502年,萧衍废齐和帝自立,建立南朝梁。萧衍称帝后封丘迟为散骑侍郎,没过多久又封为中书侍郎等。丘迟文学造诣颇深,才藻富赡,诗词文书皆精通,很受萧衍器重。在任职永嘉太守时,丘迟因不称职被有司弹劾,梁武帝爱其才,故意搁置弹劾奏疏,可见其才华深得帝心。

505年,梁武帝命其弟临川王萧宏北上伐魏,丘迟以谘议参军兼记室的身份随同,魏国陈伯之领兵对抗。得知敌方主帅是陈伯之,萧宏便让丘迟代笔写信给陈伯之,劝其投降。

梁军为什么不是直接攻城而是采用写信的方式劝降呢？

原来陈伯之并非北朝魏国人，而是与丘迟一样同属南朝齐。与丘迟优渥的出身不同，陈伯之家境贫寒，未曾治学，少时是个地痞无赖，偷过东西，当过强盗，还曾因抢劫船只被船主发现后割去左耳。许是曲折又不堪的成长经历，造就了陈伯之犹豫不决、易倒戈、不够仁义的性格。

陈伯之虽无学识却勇猛善战，先是投靠同乡南朝齐国名将王广之，屡立战功，从此平步青云，封赏不断。萧衍拥兵起义时，齐废帝萧宝卷命陈伯之率军抵抗，萧衍却以封赏陈伯之为安东将军和江州刺史为条件，诱其投降。陈伯之最终弃齐废帝而归顺萧衍。

萧衍即位后，陈伯之在心腹亲信的离间和挑拨下，起兵造反，被萧衍派兵围剿。陈伯之兵败，携子与亲信一起逃往北魏。北魏授陈伯之高官爵位，命他带兵抗梁。

正因如此，萧宏才决定在兵戎相见之前，先尝试招降。

丘迟叩拜：陈将军安好，我万分欣慰！
将军是全军最勇猛的，才能也是当代杰出的。您厌恶燕雀的小小志向，敬仰鸿鹄高飞的远大抱负。以前您顺应时机变化，遇上圣明的君主成就功勋和事业得以登上皇位，您也乘坐富丽堂皇的马车，可以持节统治一方，那是多么壮观啊！怎么一下子竟成了投敌分子，听见胡人的响箭就大腿颤抖，对着北魏君主就下跪叩拜，那又是多么卑贱啊！

想想您抛弃梁国投靠北魏的时候，并没有别的原因，只不过是无法清楚地审视自己，在外又被流言挑拨，所以您一时沉溺狂妄，才到了现在这个地步。咱们圣明的朝廷能宽容赦免有罪之人，只要他能建立功业，选用人才不计较过错，推心置腹地对待天下人，让犹豫不决的人安心，这些将军您都是知道的，不需要我再多说了。朱鲔曾杀死了光武帝刘秀的哥哥，张绣曾用刀杀死了魏武帝曹操的爱子，可是光武帝并未猜疑朱鲔，魏王也像过去一样对待张绣。况且将军您既没犯两人那样的罪过，当世的功勋又非常显著。迷途不远知道回头，这是以往的贤者所称赞的；犯了小错知道改正，这是古代典籍所嘉许的。当今皇帝轻法重恩，在他面前犯多大的罪都可以得到赦免；将军家的祖坟未曾受到毁坏，亲戚朋友也都安居依旧，房舍住宅未被烧毁，妻子爱妾也都在家里。您仔细考虑一下，这还有什么好说的呢!

如今梁朝的功臣名将,都按官位大小排列得像群雁飞行时那样有序,腰上系着丝带、带着黄金官印的官员辅助陛下运筹帷幄;武将们乘坐马车,竖立符节,执行保卫边境的任务,并且杀掉白马,以血作誓,将士们的爵位可传之后世。唯独将军您还厚着脸皮苟且,为北魏的统治者奔走效命,这也太悲哀了!慕容超纵使强盛,最终还是死在刑场;姚泓纵使强大,也在长安被逮捕。由此可知,霜露所及之处,不养育外族;我中原周汉故土,容不得杂种。北魏窃取中原已经有很多年了,恶贯满盈,照理说已经到了灭亡的时候。更何况北魏皇帝昏庸狡诈,皇族内部自相残杀,各部落分裂背叛,部落酋长各怀鬼胎,互相猜疑。他们也将要从家被绑到京城斩首示众。而将军您却如同在沸水锅里游泳的鱼,像在摇晃的帐幕上筑巢的燕子,这不是太糊涂了吗!

阳春三月,江南的草木已经生长,缤纷的花朵开满了树梢,成群的黄莺胡乱飞着。您如今远望故国的军旗、战鼓,感慨往日在梁朝的生活,登上城墙、手持弓弦的时候,难道不悲伤吗!所以当年去到魏国的廉颇希望自己再为赵将,魏国的将领吴起曾望着西河哭泣,这都是人对故土的感情，难道只有将军您没有这种感情吗？

盼望您能早日确立回梁打算，自己争取更多福分。当今皇上十分圣明，国家安定喜乐。有白玉环从西方献上，有楛木箭自东方进贡。夜郎、滇池两国解下发辫遵循汉俗，归顺朝廷请求封官；朝鲜、昌海的百姓，都以额角叩地接受梁朝教化。只有北魏怀有野心，在边塞沙漠之地负隅顽抗，那只不过是想苟延残喘罢了。梁朝大将军临川王殿下，德行高尚，是梁武帝的至亲，承担了这次的军事重任。他即将进军洛汭地区慰问百姓，到陕西一带征伐罪人。如果您仍旧不思悔改，等我们攻下北魏时才想起这些话，就有点太晚了。姑且用这封信聊表陈述我们以往的友情，希望您能好好考虑一下。丘迟拜上。

丘迟的高明之处在于，他并不是一开始就指责或者劝降陈伯之，而是采用动之以情，晓之以理，诱之以利，胁之以威的方式，先是赞陈伯之英勇的过去，再斥其狼狈的现在，又主动为陈伯之的叛变辩白，接着分析利弊，打消陈伯之顾虑，然后利用家乡故土之情，劝其迷途知返，弃暗投明，最后再稍加威胁，点明后果。整个过程层层递进，循循善诱，达到了欲劝降先攻心的效果。

因为陈伯之不识字，书信公文需要靠旁人协助，许是读信者声情并茂，陈伯之听了之后颇受触动，成功被劝服，随后带兵投降，回到南朝梁，并受到厚待。从那以后陈伯之也一直在梁国效忠，直至终老。

【书信原文】

迟顿首。陈将军足下无恙，幸甚！

将军勇冠三军，才为世出。弃燕雀之小志，慕鸿鹄以高翔。昔因机变化，遭逢明主，立功立事，开国承家。朱轮华毂，拥旄万里，何其壮也！如何一旦为奔亡之虏，闻鸣镝❶而股战，对穹庐以屈膝，又何劣邪！

寻君去就之际，非有他故，直以不能内审诸己，外受流言，沉迷猖蹶，以至于此。圣朝赦罪论功，弃瑕录用，收赤心于天下，安反侧于万物，将军之所知，非假仆一二谈也。朱鲔涉血于友于，张绣剚刃❷于爱子，汉主不以为疑，魏君待之若旧。况将军无昔人之罪，而勋重于当世。

夫迷途知返，往哲是与；不远而复，先典攸高。主上屈法申恩，吞舟是漏；将军松柏不翦，亲戚安居，高台未倾，爱妾尚在。悠悠尔心，亦何可述！今功臣名将，雁行有序，怀黄佩紫，赞帷幄之谋；乘轺建节，奉疆埸之任，并刑马作誓，传之子孙。将军独靦颜❸借命，驱驰异域，宁不哀哉！

夫以慕容超之强，身送东市；姚泓之盛，面缚西都。故知霜露所均，不育异类；姬汉旧邦，无取杂种。北虏僭盗中原，多历年所，恶积祸盈，理至焦烂。况伪孽昏狡，自相夷戮，部落携离，酋豪猜贰。方当系颈蛮邸，悬首藁街。则将军鱼游于沸鼎之中，燕巢于飞幕之上，不亦惑乎！

暮春三月，江南草长，杂花生树，群莺乱飞。见故国之旗鼓，感平生于畴日，抚弦登陴，岂不怆恨！所以廉公之思赵将，吴子之泣西河，人之情也，将军独无情哉？

想早励良规，自求多福。当今皇帝盛明，天下安乐。白环西献，楛矢东来。夜郎滇池，解辫请职；朝鲜昌海，蹶角❹受化。唯北狄野心，崛强沙塞之间，欲延岁月之命耳。中军临川殿下，明德茂亲，总兹戎重。吊民洛汭，伐罪秦中。若遂不改，方思仆言。聊布❺往怀，君其详之。丘迟顿首。

【注释】

❶鸣镝（dí）：响箭。

❷剚(zì)刃：指用刀剑刺杀。

❸靦颜：厚着脸皮。

❹蹶角：以额角触地。

❺聊布：聊且陈述。

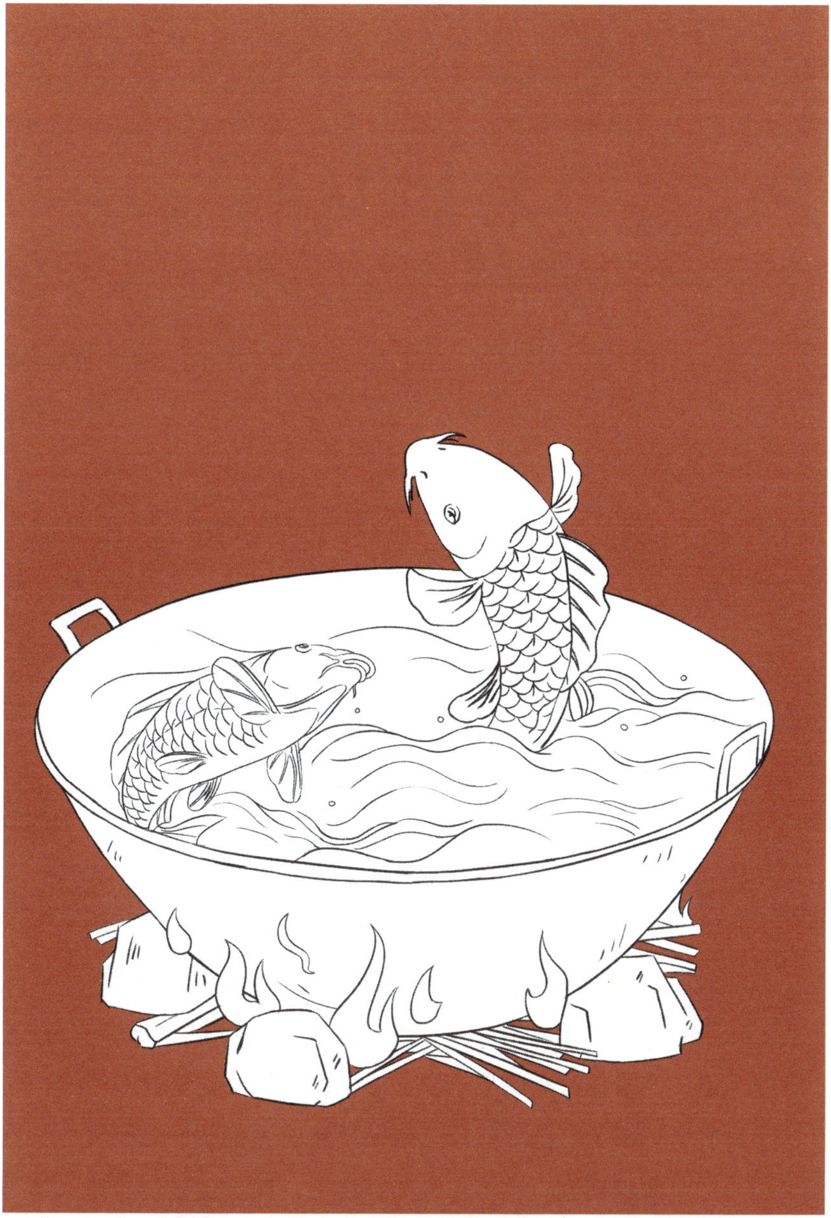

傅縡 《狱中上陈后主书》
含冤下狱不苟且，怒骂君主色令昏

在封建朝代，君主地位至高无上，臣子哪怕有所不满，也是小心翼翼，委婉表达。就算是刚正耿直的谏臣，也会有所顾忌。像傅縡这样毫无顾虑，把君主骂个狗血淋头的，在历史上属实罕见。

傅縡从小就聪慧好学，七岁就能背诵十万多字诗文，可谓神童。侯景之乱后，南朝梁陷入混乱，战争四起，傅縡携母往南逃离。可是没过多久，母亲便去世，傅縡悲痛欲绝，守孝尽孝，瘦如枯槁，因这份孝心被人称赞。后来傅縡遇到湘州刺史萧循，便投靠他，因萧循喜欢收集古籍，傅縡便获得了饱览群书的机会。不久，陈取代梁，依旧以建康为都城，几经辗转，傅縡回到京都，机缘巧合之下，因其文采斐然获得陈文帝召见并授予官职。傅𬘩不仅精通文学，还精晓佛学，很受陈文帝重视。

陈后主陈叔宝继位后，傅𬘩仍被赏识，但是他以才气自负，不懂收敛，加之性格不讨喜，常得罪人，朝廷之士多衔恨于他。正值沈客卿、施文庆以花言巧语获取陈后主宠信，二人把持中枢要职，于是傅𬘩日渐被疏远。沈客卿二人便趁机构陷，称傅𬘩收受高丽来使的贿赂，傅𬘩便被陈后主打入天牢。本就心高气傲的傅𬘩受此冤屈，遭此侮辱，心中愤懑不平，于是在狱中上书痛骂陈后主：

身为天下百姓的君主，应敬畏上苍侍奉上天，爱民如子，减少自己的不良嗜好，控制自己的贪恋与欲望，疏远谄媚奸佞的小人。未等天亮就已经起床穿衣，直到太阳落山天色已晚仍未想起就餐。这样的君主才能惠泽黎民百姓，福气流播于后世子孙。

近几年陛下您沉迷于酒色，侍奉先祖上天也不诚恳，专门偏好放荡昏庸之人；身边都是奸佞小人，朝政由宦官把持玩弄，把忠心刚正的臣子当作仇人一样憎恨，把百姓视为低贱的草芥。后宫女子们穿着漂亮的丝绸罗裙，圈养的马总有多余的粮食。百姓却居无定所，亲人分离，尸横满地。官员间公然行贿，无所顾忌，国库亏空。真是人神共愤，怨声载道，众叛亲离，东南的王气要从陛下这里消耗殆尽了！

傅縡言辞激烈，毫不婉转，句句都是声讨，条条都是指责。陈后主看了此信后暴跳如雷，欲杀傅縡。但陈后主是个喜欢吟诗作赋之人，偏好词人才子，于是冷静下来后又不想杀傅縡了，想要赦免他，便派人去监狱里问傅縡是否知错能改。高傲的傅縡不愿为了苟且偷生说违心的话，便答："臣心如面，臣面可改，则臣心可改。"陈后主听了此回答后气急败坏，命人在狱中赐死了傅縡。

陈后主确是个昏庸无道的君主，大厦将倾，民不聊生，他却只顾骄泰奢侈，整日花天酒地，不知百姓疾苦；身为一国之君，他却不理国事，把政事、军事交给小人管理，导致朝政紊乱；敌军压境，他却在宫殿内搂着爱妾美姬喝酒吟诗；国破家亡，他却贪生怕死，携爱姬躲入井中……

如此荒淫无诞之人，该当一骂。

【书信原文】

夫人君者,恭事上帝,子爱下民,省嗜欲,远谄佞❶,未明求衣,日旰忘食❷,是以泽被区宇,庆流❸子孙。

陛下顷来酒色过度,不虔郊庙之神,专媚淫昏之鬼;小人在侧,宦竖弄权,恶忠直若仇雠,视生民如草芥。后宫曳❹绮绣,厩马余菽粟;百姓流离,僵尸蔽野;货贿公行,帑藏❺损耗,神怒民怨,众叛亲离。恐东南王气自斯而尽。

【注释】

❶谄佞(nìng): 用花言巧语谄媚巴结人。

❷日旰(gàn)忘食: 帝王勤于政事,工作到晚上忘了吃饭。

❸庆流:福气流播。

❹曳(yè):拖,拉。

❺帑(tǎng)藏:指国库。

隋唐五代

居安思危忧天下

魏征 《谏太宗十思疏》
直言极谏,备极哀荣

论历代谏臣谁的名声最响,当属魏征。魏征有治国之才,为人公正刚直,敢于直言劝谏,但有时候因为说话太过耿直,常常把唐太宗李世民气得跳脚。尽管如此,唐太宗还是会认真听取、虚心接受他的提议。正是唐太宗博大的胸怀和善于纳谏的品质,让魏征心甘情愿并不遗余力地辅助他。殊不知,魏征最初甘心追随和忠心辅佐的人并不是李世民,而是李世民称帝前的政敌,瓦岗军首领李密和前太子李建成。

魏征虽然出生在贫寒家庭,但他胸有大志,好读书。隋朝末年,魏征参与瓦岗起义,加入李密阵营,为李密积极献策,却没被重用。李密投降唐后,魏征也一同归降。不久,魏征被太子李建成看中,召为洗马，以礼相待。当时，还是秦王的李世民屡建功勋，威望日高，魏征还曾建议李建成早日除掉李世民。玄武门之变后，李建成争权失败，李世民登基为帝，这便是名垂千古的唐太宗。

由于魏征才谋过人，太宗明知他是前太子旧臣，也没有处置他，反而擢为谏议大夫，常问政事，征询意见。正是太宗大度又谦逊的态度，使魏征明白自己遇到了明君贤主，这令他万分欣喜，因此对太宗也是"思竭其用，知无不言"。

此后的太宗不负众望，在魏征和其他贤能大臣的协助下励精图治，开创了"贞观之治"的盛世局面。魏征也是一路升迁，进封郑国公。

魏征认为自己对国家没有实质性的功绩，只是凭借着辩论和游说的技能参与决策，觉得自己得到的待遇过高，因此多次借口眼疾请求辞官，太宗不舍，没有允准。后来，魏征再一次当面请求辞官，太宗也不好再违背他的请求，于是任命魏征为特进，虽为散官，但仍然掌管门下省事务。

此后，魏征又先后四次上疏陈述太宗政事得失，《谏太宗十思疏》是其中的第二封，用来劝谏太宗"积其德义""居安思危，戒奢以俭"，并且向太宗提出了十条值得深思的建议：

我听说要想树木长得高大,一定要让他的根须稳固;要想泉水流得长远,一定要疏通它的源头;要想国家安宁,必须积累仁德和正义。源头没有疏通却想要泉水流得长远,根系没有稳固却希望树木长得茁壮,道德仁义不深厚却希望国家治理得好,我虽然才能低下,也知道无法实现,更何况像陛下这样的明智之人呢!一国之君掌握天下的权秉,处在天地间最高的地位,应树高天似的威望,永保无穷之福禄。如果不在安全的环境中想到出现危险的可能,不戒除奢侈而行节俭,道德不够敦厚,情理无法战胜欲望,这就像砍断树根却要求树木茂盛,堵塞源泉却求得细水长流啊。

凡是国君,都是承受了上天赋予的圣明意志,哪位不是忧虑非常然后才彰显道德呢,但成功后道德却日渐衰败。他们中的很多人的确有好的开始,但能坚持到最后的却不多。这难道是因为得天下易、守天下难吗?过去夺取天下力量有余,如今光是守住天下就力不从心了,这是为什么呢?这大概是因为他们在忧患中的时候,一定能竭尽诚意去对待百姓;成功之后,就放纵情欲傲视他人。如果竭尽诚意,胡越这样有仇的两方也将同心同德;如果傲视他人,骨肉至亲也会形同陌路。即使用严厉的酷刑来督责臣子,用威严的权势来压制百姓,最终也只能使人们苟且地避免刑罚,而不会感激君王的恩惠,他们表面上恭敬但内心却不悦服。怨恨不在于是大是小,可怕的是百姓心怀怨恨;百姓像水,君主像船,水可载舟,亦可覆舟,这是应该谨慎小心地来对待的;奔驰的马车却用腐朽的绳索,这怎么能够忽视呢!

历代统治天下的人,如果能够看到喜欢的东西就满足于已经得到的,以此让自己警惕;将要大兴土木就想到适可而止,以使人民感到安宁;考虑到地位崇高会有危险,就想到要谦逊并加强自我修养;害怕自大骄傲,就考虑到要像江海一样甘居下游;喜欢狩猎,就想到国君每年田猎时网开一面的限度;担心对政事松懈,就想到做事情要谨慎开始、恭敬收尾;担心上下蔽塞,就想到要虚心接受臣子的建议;害怕偏听谗佞之言,就想到正心修身罢黜奸佞;给予赏赐,就想到不要因为自己一时愉悦而奖赏失当;施加惩罚,就考虑到不要因为自己一时恼怒而滥用刑罚。要努力做到这十思,发扬这九种品德,选拔有才能的人去任用,择取好的建议去遵循,那么,聪明的人就会用尽他的智谋,勇猛的人就会竭尽他的气力,仁义的人就会弘扬他的美德,诚实的人就会贡献他的忠心。如果文臣武将都能争相施展才能,君臣之间相处和睦,皇上您就可以尽情享受打猎的乐趣,可以像仙人赤松子、王子乔那样长寿,可以垂衣拱手治理天下,不用多说而使百姓得到教化了。何必一定要亲自劳神苦思,代行百官的职能,来使自己耳目劳累,毁损无为而治的道理呢!

太宗看了奏疏后很受触动,格外看重他的意见,并亲自手写诏书回信以示嘉勉。

当时太子李承乾不学无术,魏王李泰较为受宠,朝廷内外众官都心生疑虑,私下议论。太宗知道后对侍臣说:"当今朝臣论忠诚正直,没有人能超过魏征,我派他辅佐太子,以杜绝天下怨言。"642年,太宗任命魏征为太子太师,魏征自称有病推辞,太宗下诏说:"汉朝太子以四老为辅佐,我现在依靠爱卿也是这个道理,知道爱卿患病,但即便卧病也可以保全太子。"

后来魏征病重,太宗到魏征府第看望魏征,抚摸着他的手流泪。没过几天,魏征去世。太宗亲自吊唁,涕泪俱下,悲恸不已,下令停止上朝五天。为其亲写碑文,追赠魏征为司空、相州都督,赐谥号"文贞",下令让魏征陪葬昭陵,并让文武百官将其灵柩送出郊外。

魏征死后,太宗常感思念、痛心和遗憾,曾在上朝时感叹:"用铜做镜子,可以端正衣冠;用历史做镜子,可以知道兴衰更替;用人做镜子,可以了解得失。朕常保持这三面镜子,用来防止自己的过失。现在魏征去世,我失去了一面镜子。魏征去世后,朕派人到他家里,得到他的一页遗表,才刚起草,上面写道:'天下的事情,有善有恶,任用善人国家就安定,任用恶人国家就衰败。公卿大臣中,肯定会有爱有憎,自己憎的就只看见他的恶,自己爱的就只看见他的善。爱憎之间,应当审慎,如果爱而知道他的恶,憎而知道他的善,除去邪恶不犹豫,任用贤人不猜忌,国家就可以兴盛了。'遗表的大意就是这些。然而朕思考这事,自己恐怕不能做到魏征说的这样,公卿侍臣们,大家可以把这些话写在手板上,知道朕有过错一定要进谏啊。"

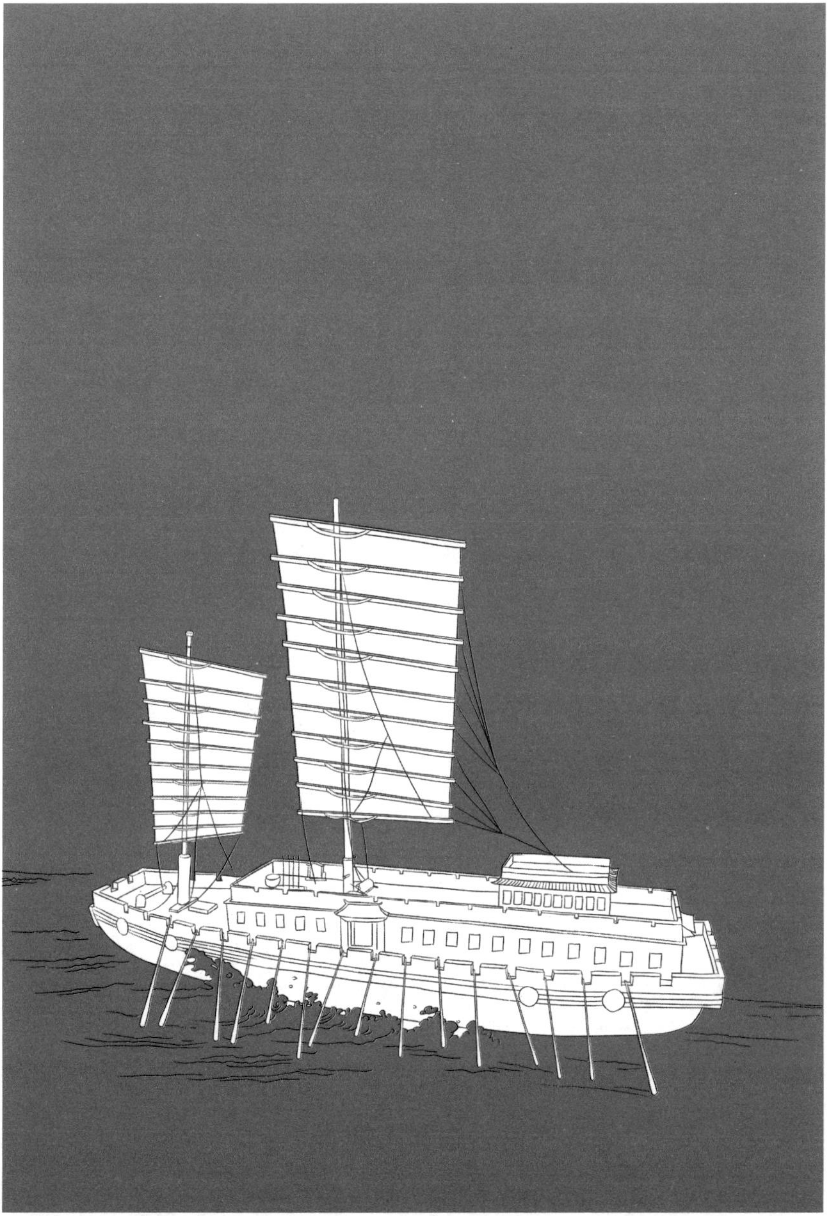

【书信原文】

　　臣闻求木之长者，必固其根本；欲流之远者，必浚其泉源；思国之安者，必积其德义。源不深而岂望流之远，根不固而何求木之长，德不厚而思国之治，臣虽下愚，知其不可，而况于明哲乎！人君当神器之重，居域中❶之大，将崇极天之峻，永保无疆之休❷。不念于居安思危，戒奢以俭，德不处其厚，情不胜其欲，斯亦伐根以求木茂，塞源而欲流长者也。

　　凡百元首❸，承天景命，莫不殷忧而道著，功成而德衰。有善始者实繁，能克终者盖寡。岂其取之易而守之难乎？昔取之而有余，今守之而不足，何也？夫在殷忧，必竭诚以待下；既得志，则纵情以傲物。竭诚则胡越为一体，傲物则骨肉为行路。虽董之以严刑，振之以威怒，终苟免而不怀仁，貌恭而不心服。怨不在大，可畏惟人；载舟覆舟，所宜深慎；奔车朽索，其可忽乎！

　　君人者，诚能见可欲则思知足以自戒，将有所作则思知止以安人，念高危则思谦冲而自牧，惧满溢则思江海而下百川，乐盘游❹则思三驱❺以为度，恐懈怠则思慎始而敬终，虑壅蔽❻则思虚心以纳下，想谗邪则思正身以黜恶，恩所加则思无因喜以谬赏，罚所及则思无因怒而滥刑。总此十思,弘兹九德,简能而任之,择善而从之,则智者尽其谋,勇者竭其力,仁者播其惠,信者效其忠。文武争驰,君臣无事,可以尽豫游之乐,可以养松、乔之寿,鸣琴垂拱,不言而化。何必劳神苦思,代下司职,役聪明之耳目,亏无为之大道哉!

【注释】

❶域中:指天地间。

❷休:美也,引申为福禄。

❸凡百元首:所有的帝王。凡百,所有的。

❹盘游:游乐,这里指田猎。盘,快乐。

❺三驱:语出《周易·比卦》中的"王用三驱"。即田猎时设网三面驱禽,留一面不设,指田猎有度,不过分捕杀,以示人君好生之德。

❻虑壅(yōng)蔽:担心耳目被堵塞蒙蔽。

骆宾王 《代李敬业传檄天下文》
临朝称制起兵反，声罪致讨诏天下

　　《咏鹅》一诗家喻户晓，这首脍炙人口的诗出自一位七岁小儿之手，而这位富有才华、年少成名的小儿就是骆宾王。

　　长大后的骆宾王文才出众，写诗作文也皆为同辈翘楚，但因家中贫困，心中总有许多失意。

　　670年，吐蕃进犯，骆宾王从军西域，从塞外返回后，又从军四川，在军中掌管文书。蜀中游历几年后，又任武功县主簿。在此期间，骆宾王作《帝京篇》赠当时的吏部侍郎裴行俭，全诗描绘帝京长安的繁华，颇多壮词。此诗传遍京畿，众人称为绝唱。676年，吐蕃再次进犯，朝廷命裴行俭为洮州道左二军总管，裴行俭聘骆宾王为记室，骆宾王以父亲早逝，母亲年老无人照顾为由相辞。

678年，骆宾王迁侍御史，因"坐赃"被捕入狱，次年遇赦出狱。这年冬天，他再度从军，北赴幽燕。没多久，调为临海县丞，后骆宾王因无所作为"怏怏失志，弃官而去"。

当时，武后参与朝政，骆宾王认为她祸乱朝纲，对其多有不满。

683年底，唐高宗驾崩，李显即位，可在位没多久，就被武则天废黜，改立李旦为帝。李旦并无实权，无异于傀儡，帝权实际落在武后手中。武后临朝称制的行为引起了众多忠于"李唐"的大臣的强烈不满。当时太功功臣英国公李勣的嫡孙李敬业因"坐赃"被贬柳州司马，心怀不满的李敬业联合同样被贬的官员在扬州起事造反。本就对武后不满的骆宾王更是义无反顾地投入李敬业的幕下，充分发挥专业特长，负责文书机要，为声讨武后写下《代李敬业传檄天下文》号召天下：

> 那个意图窃取朝廷政权的武氏，并非善良温和之人，身份也非常卑微。她曾充当过太宗皇帝的才人，用不光彩的手段得到侍奉的机会。等到后来，不顾节操，秽乱宫廷，隐瞒先皇宠幸她的事实，希求能得到太子的专宠。她嫉妒被选入宫

中的妃嫔美女，不放过她们任何一个。她善于进谗害人，偏偏像狐狸精那样迷惑了皇上。终于穿上正宫皇后的礼服登上后位，使君主沦陷到乱伦的不义之地。再加上一副蛇蝎心肠，为人如豺狼般凶残。她亲近小人，迫害忠臣。杀死兄长和姐姐，谋杀皇帝，毒杀母亲。人神共愤，天地不容。她还包藏祸心，谋取皇位。中宗李显，被她囚禁在冷宫里；而她的亲属党羽，却被委以重任。唉！霍光这样的重臣，再也不会兴起了，刘章那样可以稳定王室的人也不在了。童谣"燕飞来，啄皇孙"的出现，使人们都知晓汉朝皇室倾危；孽龙的唾涎被藏在宫廷中，标志着夏王朝要迅速衰败了。

　　我李敬业是大唐的老臣，是英国公的嫡长孙。遵从先帝留下的训诫，受到本朝的厚重皇恩。宋微子为王朝的兴盛与覆灭感到悲哀，的确是有缘故的；桓君山被贬而悲愤流泪，怎么会徒劳无功！所以我奋发而起，叱咤风云，志在安定江山。趁着百姓对武氏的失望情绪，顺应着民心所向，于是高举正义的旗帜，来清理妖物。连接最南边的百越，最北到中原三郡，铁骑成群，战车相连。海陵县的粟米因久藏而发酵变红，仓库里堆积的粮食没有穷尽；长江沿岸的王者之旗飘动，匡复大唐的功业还会远吗！北风劲吹，战马嘶鸣，剑气直冲云霄。将士的怒斥让山岳倾塌，风云变色。用这种气势来进攻敌人，有什么敌人能不被摧垮呢？拿这种壮举来进攻城池，有什么城池能不被攻克呢？

诸位有的拥有世代承袭的爵位，有的是皇家的宗室姻亲。有的是担当重任的武将，有的是在宣室领受先皇遗命的大臣。先帝的遗言刚说过不久，你们的忠心怎么敢忘却呢？先皇陵墓上的土还未干，我们的新君该托付给谁呢？如果能转祸为福，好好送走先皇并且侍奉现在的君王，共同建立起兵救援王室的功业，不废弃先皇的遗命，那么各种封爵赏赐，一定如同泰山黄河那般牢固长久。如果留恋现在这座孤立无援的城邑，在错误的道路上犹豫不决，看不分明迹象而迟疑不作回应的话，将来必定受到惩治。请看清楚现在的江山，到底是谁的天下。

这篇檄文写成，立即引发轩然大波，众人纷纷加入李敬业的阵营，齐声讨伐武后。

然而，能够称帝的武后胸襟气度绝非一般人所能企及。当看到这篇把她骂得狗血淋头，贬得一文不值的文章时，她先是一笑，随后又对骆宾王刮目相看，被他的文辞才华所折服，又因人才与自己对立而深感惋惜。

武后派兵征讨李敬业及其追随者，剥夺李敬业的爵位和赐姓，恢复他原本的姓氏徐（李勣原姓徐）。最终李敬业兵败身死，而骆宾王则生死成谜，有人说他被处死刑，有传言称他出家为僧。

【书信原文】

伪临朝武氏者，人非温顺，地实寒微。昔充太宗下陈，尝以更衣入侍。洎乎晚节，秽乱春宫。密隐先帝之私，阴图后庭之嬖❶。入门见嫉，蛾眉不肯让人；掩袖工谗，狐媚偏能惑主。践元后❷于翚翟❸，陷吾君于聚麀❹。加以虺蜴❺为心，豺狼成性。近狎邪僻，残害忠良。杀姊屠兄，弑君鸩母。人神之所共嫉，天地之所不容。犹复包藏祸心，窥窃神器。君之爱子，幽之于别宫；贼之宗盟，委之以重任。呜呼！霍子孟之不作，朱虚侯之已亡。燕啄皇孙，知汉祚之将尽；龙漦帝后，识夏廷之遽衰。

敬业，皇唐旧臣，公侯冢胤❻。奉先君之成业，荷本朝之旧恩。宋微子之兴悲，良有以也；袁君山之流涕，岂徒然哉。是用气愤风云，志安社稷。因天下之失望，顺宇内之推心。爰举义旗，誓清妖孽。南连百越，北尽三河，铁骑成群，玉轴相接。海陵红粟，仓储之积靡穷；江浦黄旗，匡复之功何远。班声动而北风起，剑气冲而南斗平。喑呜则山岳崩颓，叱咤则风云变色。以此制敌，何敌不摧？以此攻城，何城不克？

公等或家传汉爵，或地协周亲。或膺重寄于爪牙，或受顾命于宣室。言犹在耳，忠岂忘心？一抔之土未干，六尺之孤安在？倘能转祸为福，送往事居，共立勤王之师，无废旧君之命，凡诸爵赏，同裂山河。若其眷恋穷城❼，徘徊歧路，坐昧先几之兆，必贻后至之诛。请看今日之域中，竟是谁家之天下！

【注释】

❶嬖（bì）：宠爱。

❷元后：正宫皇后。

❸翚翟（huīdí）：古书中指一种有五彩羽毛的野鸡。唐代皇后的礼服上有翚翟之形。

❹聚麀（yōu）：语出《礼记·曲礼上》："夫唯禽兽无礼，故父子聚麀。"后因以"聚麀"比喻两代人之间的乱伦行为。

❺虺蜴（huǐyì）：毒物。虺，毒蛇。蜴，蜥蜴，古人以为有毒。

❻冢胤：嫡长子。

❼穷城：指孤立无援的城池。

杜甫 《送韦讽上阆州录事参军》
送别友人诗，期盼救疮痍

与"诗仙"李白的豪迈浪漫不同，"诗圣"杜甫现实又悲悯，他的诗如他的人一样忧国忧民、沉郁顿挫。事实上，杜甫早期的作品也是充满了浪漫激情，只是随着阅历的增长和社会的骤变而愈加深沉。

杜甫生于八方来朝、国泰民安的大唐鼎盛时期。他出自名门世家，其祖父为初唐"文章四友"之一的杜审言。因家境优越，年少时期的杜甫朝气蓬勃，聪慧又调皮，不知何为愁。青年时期的杜甫意气风发，爱出游，尽管科举之路因李林甫的"野无遗贤"而阻断，却阻挡不了他"呼鹰皂枥林，逐兽云雪冈。射飞曾纵鞚，引臂落鹙鸧"的快意人生。然而中年时期，家道中落的他，困长安十年，献赋求官，却因不肯巴结权贵陷入衣不盖体、寄食于人的极端贫困之中。

老妻稚子食不果腹,身为一家之主的杜甫终究接受了一个低微的职位,有了一份微薄的俸禄。

755年,安史之乱爆发,大唐陷入争夺权势的内战之中,盛世开始走向衰落,社会动荡不安,百姓流离失所,民不聊生。杜甫不得不携妻带子逃亡避祸。在经历了被叛军所俘,被新帝唐肃宗重用,被连累贬官、弃官这一系列风风雨雨后,杜甫流落到蜀中。

虽然依旧清贫,但是在这里,他遇到了许多老友,也结交了不少新朋友。阆州录事参军韦讽便是在蜀地相识的。两人交情甚好,在韦讽的家中,杜甫见到唐代著名画家曹霸所绘的《九马图》,并为之吸引,即兴作了一首经典的题画诗《韦讽录事宅观曹将军画马图》相赠。不久,韦讽离任,杜甫临江写下一首赠别诗为其送行:

国家命运依然艰难,战争动乱尚未停息。
全国各地哀声不断,十年赋税无法承受。
各级官吏过度剥削,无暇反思百姓反叛。
横收暴敛名目繁多,贤士重视施行德政。
韦生你正年富力强,明白事理见多识广。
由你管理法制伦常,执法必定公平无私。
一定会让贪官污吏,不敢肆意欺压百姓。

如果定要解救创伤，应先惩办害民之贼。
洒泪送到岷江边上，上天也觉凄切悲伤。
要不断建立好政绩，安慰我的深切思念。

安史之乱爆发已整整十年，大唐兵连祸结，从未停息；苛捐杂税，让百姓哀声不断；官吏剥削，使人民困苦不堪。尝遍了人间苦难，却仍忧世悯人的杜甫，希望清明正直的好友在万方多难之际，能扫黑除恶，惩治腐败官吏，救民疮痍。

可小小的阆州录事参军如何能撼动朝廷这座大山，救全国人民于水火？或许杜甫自己也知道不能，只是在无奈绝望中，他试图在友人身上寻找希望。

可天不遂人愿，大唐盛世一去不复返。这位伟大的诗人终是带着无尽的遗憾在饥寒交迫中离开人世。

【书信原文】

国步❶犹艰难，兵革未衰息。
万方哀嗷嗷，十载供军食。
庶官务割剥，不暇忧反侧。
诛求何多门，贤者贵为德。
韦生富春秋，洞彻有清识。
操持纪纲地，喜见朱丝直。
当令豪夺吏，自此无颜色❷。

必若救疮痍，先应去蟊贼❸！
挥泪临大江❹，高天意凄恻。
行行树佳政，慰我深相忆！

【注释】

❶国步：国家的命运。

❷无颜色：没脸面。指使污吏害怕，不敢恣意侵扰百姓。

❸蟊（máo）贼：指损害国家和百姓的人。

❹大江：这里指岷江。

韩愈 《论佛骨表》
一封朝奏九重天，夕贬潮州路八千

佛教发源于古印度，由释迦牟尼所创，大约于两汉时期传入我国，经南北朝发展壮大，到隋唐时进入鼎盛阶段。其实，唐朝皇室原本信奉的是中国的本土宗教道教，唐高祖李渊就曾主张废除佛教，而唐太宗李世民起初也是提倡道先佛后，后为了便于统治，太宗才对佛教有所推行。相较于前两任帝王，唐高宗李治为礼佛活动花费了巨大的财力、物力和人力，最具代表性的便是大唐历史上的首次迎佛骨。武则天登基后，更极力推崇佛教，她广建佛寺，弘扬佛法，把佛教推上了顶峰。

805年，唐宪宗李纯即位。此时距离安史之乱结束已有四十二年，但是它带来的阵痛和后遗症使得曾经繁荣昌盛、太平安康的盛世成了一个藩镇割据、战乱频仍、宦官干政的乱世。即位之初,宪宗立志做一个奋发有为的明君,他重用忠谏之臣,勤勉政事,削平藩镇,力图重振大唐雄风。虽然最终没能令大唐达到贞观、开元年间的盛世繁华,但他治国有方,让四分五裂的国家再次实现了统一,开创了"元和中兴"的局面。

许是这丰功伟绩太令人骄傲,让日理万机的宪宗生出了骄侈之心,他开始信仙好佛,沉迷丹药,祈求长生。818年,宪宗决定举办第五次迎佛大礼。春节一过,宪宗便命人前往法门寺迎接释迦牟尼佛骨,先入宫供养三日,再送往各寺供养。为表虔诚之心,宪宗甚至亲自奉佛灯。很快,迎佛狂潮席卷长安。据《旧唐书》描述,当时,王公士庶,争相奔走迎送,舍施钱财;百姓废业,耗尽家财,在所不惜,甚至自残身体以求供养。

正当迎佛大礼如火如荼地进行时,"不识好歹"、不信佛法的韩愈,洋洋洒洒地写了一篇《论佛骨表》,公然反对宪宗迎佛:

> 臣韩愈言:臣觉得佛教只是天竺国的一种宗教法术而已。佛教是在东汉时传入我国的,在此之前从来没有过。曾经,黄帝在位百年,活到了

一百一十岁；少昊当政八十年，活到了一百岁；颛顼掌权七十九年，活到了九十八岁；帝喾执政七十年，活到了一百零五岁；帝尧理政九十八年，活到了一百一十八岁；虞舜和大禹，都享年百岁。那个时候的中国，天下太平，百姓安乐长寿，然而中国并没有佛教。之后的殷汤同样活到了一百岁，殷汤之孙太戊在位七十五年，武丁在位五十年：虽然历史上没有记载他们的寿命，但是可以推测出他们应该都不低于一百岁。周文王活了九十七岁，周武王活了九十三岁，周穆王在位百年，这个时候佛教也没有传入中国。所以，他们这么长寿，并不是因为信仰了佛法。

东汉明帝时期，佛教开始传入中国。明帝只在位十八年。在此之后，朝政动荡，战乱不断，国运不济。从宋、齐、梁、陈、北魏往后，事佛越来越慎重，朝代却愈加短暂。唯有梁武帝在位四十八年。梁武帝曾先后三次舍身同泰寺，他不用牺牲太牢来祭祀宗庙，每日只食一餐，只吃蔬菜、水果，其后竟然为侯景所逼，饿死台城，国家也在不久之后灭亡。信奉佛法祈求福运，反而遭受祸患。由此看来，佛法不可信奉是可想而知的道理。

高祖皇帝在接受隋朝禅位之初，就主张废

除佛法。当时的大臣们才能浅、见识短，无法深刻地领会先王的治国之道和古今治政措施，不能推广阐发高祖皇帝圣明的方针，来纠正事奉佛法造成的社会祸患。所以废止佛法未能实行，我每每想到，都对此感到遗憾。睿圣文武陛下，您神圣英武，数千百年以来无与伦比。陛下您刚即位的时候，即不许剃度人为僧尼道士，又不许修建佛寺和道观，我当时认为高祖皇帝废除佛法的遗愿，必定会在陛下的手中实现。现今纵然未能马上实行，岂可纵容佛法越发兴盛呢？

现在听说陛下命令僧人们在凤翔迎佛骨，登楼观看，并把佛骨抬到宫殿里。又命各寺院交替迎送、接待供养。我虽愚笨至极，也明白陛下必定不是因为被佛法迷惑而做这样盛大的崇奉之礼来祈求福祥。只不过是因为年丰人乐，顺应百姓的心意，为京城的士大夫与平民百姓所设的奇异景物或戏玩之物罢了。哪会有如您一样圣明的人，而愿相信佛骨祈福这样的事情呢？然而百姓愚昧，易受迷惑而难以明白事理，如果见到陛下如此，会认为陛下您是真心事佛，大家就会说，像天子这样通晓万物之道的人，还一心敬佛，那普通百姓怎么会吝惜自己的生命而不去奉佛呢？所以他们火烧头顶，烧灼手指，百十人聚在一起，脱衣散钱。从早上持续到晚上，彼此竞相效仿，唯恐落后。老少到处奔走，抛弃工作，放弃谋生之事。如若不立刻禁止、阻遏，等到佛骨经过众寺院，必定会有断臂割肉以供养佛骨的人。伤风败俗，传笑四方，这并非小事啊！

　　佛本是外族之人，与中国言语不通，服装不同，嘴里不说先代圣明君王留下的合乎礼法的言论，身上不穿先王制定的合乎礼法的服装，不知晓君臣之义、父子之情。假如他至今尚在人世，遵奉国家的政令，前来京城朝拜。您接纳他，也只不过是在宣政殿见一面，在礼宾院设宴款待一次，赏赐他一身衣服，派侍卫护送他离开国境，禁止他迷惑民众。何况他早已死去，其枯朽的骨头乃是凶邪污秽的残留之物，怎能让它进入宫殿里呢？孔子说："对待鬼神，要敬而远之。"古时的诸侯，在国中举行吊祭活动时，尚且会命巫师先用桃枝制成的笤帚祓除不祥，然后才行吊祭。陛下如今无故迎取朽秽之物，亲临观看，既不先命巫师祝祷，也不用桃枝制成的笤帚驱邪，大臣们不说出您做的错事，御史们不指出您的过失，我实在是深感羞愧。我祈求您，将这骨头扔进水火中，让它永远消亡，断绝今人和后人的迷惑，使天下之人知道大圣人的作为远甚于寻常人。这难道不是一件美好的事吗？难道不是很快活吗？假如佛真能应验，能降祸生灾，那就让所有的灾祸都施加在我身上。老天明察，我绝不怨悔。我怀着最感激和诚挚恳切的心意，恭敬地呈上这个表章让您知晓。我真是诚惶诚恐。

韩愈写给皇帝的劝谏信是如此直白、刺耳。为了极论"佛不足事"，他直言历史上凡是信奉佛教的皇帝要么短命，要么惨死，毫不忌讳地说皇帝尊崇的佛骨是朽秽之物，甚至提议将这佛骨投诸水火。

果然，疏文奏上，宪宗暴跳如雷："说我奉佛太过，我尚能容忍，但你竟然说信奉佛的皇帝都短命，这不是诅咒我吗？"他气得立马下令，要斩杀韩愈。如若不是裴度、崔群等大臣求情，韩愈只怕早已人头落地。但死罪可免活罪难逃，已过知命之年的韩愈被贬到千里之外的偏远蛮地，一路翻山越岭，颠簸困苦，悲凉至极。

谁承想，一语成谶，仅过一年，宪宗突然暴毙。曾大胆劝谏的韩愈被宪宗之子唐穆宗调回长安，继续委以重任。

【书信原文】

臣某言：伏以佛者，夷狄❶之一法耳。自后汉时始流入中国，上古未尝有也。昔黄帝在位百年，年百一十岁；少昊在位八十年，年百岁；颛顼在位七十九年，年九十八岁；帝喾在位七十年，年百五岁；帝尧在位九十八年，年百一十八岁；帝舜及禹，年皆百岁。此时天下太平，百姓安乐寿考，然而中国未有佛也。其后殷汤亦年百岁，汤孙太戊，在位七十五年；武丁在位五十年：书史不言其寿，推其年数，盖亦俱不减百岁。周文王年九十七岁，武王年九十三岁，穆王在位百年，此时佛法亦未至中国，非因事佛而致此也。

汉明帝时始有佛法。明帝在位才十八年耳。其后乱亡相继，运祚不长。宋、齐、梁、陈、元魏❷已下，事佛渐谨，年代尤促。惟梁武帝在位四十八年，前后三度舍身施佛，宗庙之祭不用牲牢，昼日一食止于菜果，其后竟为侯景所逼，饿死台城，国亦寻灭。事佛求福，乃更得祸。由此观之，佛不足信亦可知矣。

高祖始受隋禅，则议除之。当时群臣识见不远，不能深究先王之道，古今之宜，推阐圣明，以救斯弊。其事遂止，臣常恨焉。伏维皇帝陛下，神圣英武，数千百年以来未有伦比。即位之初，即不许度人为僧尼、道士，又不许别立寺观。臣当时以为高祖之志，必行于陛下之手。今纵未能即行，岂可恣之转令盛也？

今闻陛下令群僧迎佛骨于凤翔，御楼以观，舁❸入大内。令诸寺递迎供养。臣虽至愚，必知陛下不惑于佛，作此崇奉，以祈福祥也。直以年丰人乐，徇人之心，为京都士庶，设诡异之观、戏玩之具耳。安有圣明若此，而肯信此等事哉？然百姓愚冥，易惑难晓，苟见陛下如此，将谓真心信佛，皆云天子大圣，犹一心敬信；百姓微贱，于佛岂合惜身命？所以灼顶燔指，百十为群，解衣散钱，自朝至暮，转相仿效，惟恐后时。老幼奔波，弃其生业。若不即加禁遏，更历诸寺，必有断臂脔身以为供养者。伤风败俗，传笑四方，非细事也。

佛本夷狄之人，与中国言语不通，衣服殊制，口不道先王之法言，身不服先王之法服，不知君臣之义、父子之情❹。假如其身尚在，奉其国命，来朝京师。陛下容而接之，不过宣政一见，礼宾一设，赐衣一袭，卫而出之于境，不令惑于众也。况其身死已久，枯朽之骨，凶秽之余，岂宜令入宫禁？孔子曰："敬鬼神而远之。"古之诸侯行吊于国,尚令巫祝先以桃茢⁵祓除不祥,然后进吊。今无故取朽秽之物,亲临观之,巫祝不先,桃茢不用,群臣不言其非,御史不举其失,臣实耻之。乞以此骨付之水火,永绝根本,断天下之疑,绝后代之惑,使天下之人,知大圣人之所作为,出于寻常万万也,岂不盛哉!岂不快哉!佛如有灵,能作祸祟,凡有殃咎,宜加臣身。上天鉴临,臣不怨悔。无任感激恳悃之至,谨奉表以闻。臣某诚惶诚恐。

【注释】

❶夷狄:古代对少数民族的称呼,文中指天竺。

❷元魏:即北魏,鲜卑人拓跋珪建立北魏,魏孝文帝时改姓元氏,故称元魏。

❸舁(yú):抬。

❹不知君臣之义、父子之情:僧人见皇帝不行人臣礼,又不养父母,无妻无子。

❺桃茢(liè):用桃枝编的笤帚,古人用它扫除不祥。

宋元金

壮志未酬留遗恨

田锡 《贻杜舍人书》
奉书拜明公，进士论名利

田锡生于平民之家，自幼聪悟，好读书作文，于978年高中进士，步入仕途。田锡生性耿直、执着，与人寡合，好言时政，不愿攀权附贵，不喜贪图功名利禄之人。做了谏官后，他以魏征、李绛等忠贞谏臣为榜样，以竭力归谏为己任。朋友曾提醒他不要锋芒毕露，以免遭谗害忌恨，田锡心中了然却不以为然。他曾言："吾每言国家事，天子听纳，则人臣之幸，不然祸且至矣，亦吾之分也。"明知向天子建言很有可能会触犯龙颜，但身为人臣的田锡依然继续坚持直谏，哪怕因此遭罪，也在所不惜。

及第不久后，田锡给杜舍人写了一封阐述个人政治理念的信：

五月的一天，进士田锡恭敬地双手捧着书信献给大人：田锡曾以为说话时言语得当是明智的，适当地沉默也是聪明的。因你的聪明才智而受人赏识，就是才能；没有犯错而被贬黜，才明白升降任免的标准。《周易》说："动静不失其宜，其道有光。"假如你以救助百姓为志向，你的名字不一定有人知道，虽然这样会违反常理但合乎道义，通过奇特的方法匡正时弊，名声在一日内就能传播至千里之外，可以与诸葛亮隐居卧龙岗被探访、姜太公渭水垂钓被重用、郦食其向刘邦长拜不起、王猛按着虱子谈天下相提并论。才能和智谋是根本，了解自己作为辅助，等不到最终那一天，便可以与其谈论天下。田锡生性直爽，不是贪图功利之人，私下曾以弘扬儒家学术为己任，以发扬传统的正道为自己的目标。唉！贪图功名利禄是不符合道德的，即便是名震朝野，我也不在乎；以不道德的方式取得职位，即便贵为王公，我也不想要。我以为提拔贤能之人是符合道德的，责罚谄媚奸佞的小人是符合道德的，拯救天下使一物不失其所是符合道德的。以前伊尹曾五次投靠夏桀，因为想快速建功立业，不得不投向成汤。伊尹本就不图名气和地位，他是迫切地想实现接济天下的志向。有君子的品行，却无君子的文采，比如汉时的申屠嘉、周勃；怀有君子的文采，却没有君子的品行，比如唐时的元稹、陆贽。这些人就像拉满的弓弩。其身隐藏的毒害所带来的威胁，可以和敌国相匹。所谓的为了追求名气和地位，只不过是在败坏他人，这与伊尹完全不同。与其有文采，宁可有德行。孔子说："唯独名位和爵号，不能够借给别人。"对于那些立了大功的士卒臣子，天子应该给予表彰，授予他权力。但权力不能过滥，他接受后又不至于欢喜至极，这样才公正公平。小人故意隐瞒其奸诈的行为，使之看起来好像符合道德，以便他通过不正当的方式取得圣旨，窃取名利，还以此为荣。明公觉得怎么样？幸亏我非狡诈恶毒之人，自从追随士君子以后，怎么敢抛却德行选择名利地位呢？明公您有君子的品行，相熟的人都称赞你，自近及远，如同迎着风的兰蕙，馨香袭人；如冬日的太阳、夏日的阴凉，人们都归顺于你。所以我不顾酷暑，不怕路途遥远，来拜谒德行高尚正义的人，为以后寻求庇护。《周易·泰》说："拔出茅草，象征着吉祥。"草和茎根相连，代表大吉。天与地相交流，万物流通顺畅，正是君子之道兴起发展之时。天在地下，是大得民心的征兆。小人愚妄无知，秉笔直书，施展抱负，倘若明公你沉默不语，那我的过错可就多了。因此要不停地直言进谏，滥用聪明，取《春秋》"言语用来足志，志向用来足言，不言，谁知其志向"的意思。希望您留心注意我的言论，那实在是太幸运了。田锡再拜。

田锡在信中着重阐述了有关名利和人才的个人政治观念，这与他的为人处世之道很符合。他严于律己，提倡道德，认为才略和德行才是选拔人才的标准，无德、得位不正之人哪怕贵为王公，他也是不屑的。田锡认为朝臣官吏应以兼济天下为志向，以弘扬正道为目标，以符合道德的方式获得名利和地位。

989年，京畿大旱，田锡上奏宋太宗，言辞犀利，直言当朝宰相赵普失格、德不配位，因此忤犯了宰相，惹怒了皇帝，被贬出京城。随后又因稽留杀人案件的牵连，再次被降职。那直言获罪、连续被贬、痛失高官俸禄的田锡可曾有过悔悟？不曾！后来在外任职多年的他好不容易被调回京城，官复原职，依旧不改好言时政、直言不讳的秉性。一个正派的君子，绝不会沉默寡言。

宋真宗即位后，田锡继续得到重用，连续晋升，官至右谏议大夫。1003年冬，历仕二君、沉浮官场二十余载、为众人所景仰的谏臣田锡病逝。临终前，他依旧心系国计民生，放不下朝堂之上的帝王。卧榻之上的他艰难地坐起来，颤颤巍巍地写下遗表，规劝真宗要仁政爱民、勤俭节约、居安思危。遗表字字忠诚，句句肺腑，深深触动了帝王的心。真宗惋惜地感叹，像田锡这样的直臣谏官实在不可多得！

田锡去世后，引发了各界人士的哀悼。文学大家范仲淹亲自为其撰写墓志铭，称他为"天下正人"，大文豪苏东坡赞其"忠臣孝子"。为大宋奋斗半生的田锡，身后得如此推誉，实至名归。

【书信原文】

五月日，进士田锡谨拜手奉书舍人❶座右：锡尝以言而当，智也；默而当，智也。进而受知于识者，才也；退而无咎于躬，知进退也。《易》为"动静不失其宜，其道有光"。粤若志在济民，名未为人知，必反经合道，用奇矫时，名乃一日千里，诸葛坚卧、太公钓国，郦生长揖、王猛扪虱之比也。夫才略为根干，知己为羽翼，不俟终日，可与论几矣。锡天付直性，非苟图名利者也，窃尝以儒术为己任，以古道为事业。噫，图名不以道，虽使名动朝右，不取也。得位不以道，虽贵为王公，不取也。锡谓进贤为道也，诛谗邪为道也，济天下使一物不失所为道也。昔伊尹五就桀，欲理之速也，不得已归于汤。伊尹固不以名，不以位，但济天下之志汲汲也。夫有君子之行，不有君子之文者，汉申屠嘉、周勃也。有君子之文，不有君子之行者，唐元稹、陆贽也。其中人也，发若犷弩❷。其螫毒也，隐如敌国。所谓以名以位，务乎仇覆人，与伊尹相反。与其有文也，宁有行也。孔子曰："惟名与器，不可以假人。"士有大功于国，天子则彰其名，赐其器。赐之既不滥，受之亦不喜，盖公共也。小人则饰诈勉道，便僻希旨，盗我名器，以为身荣。明公谓之何如？锡幸不佞❸，从士君子之后，安敢去彼取此乎？明公有君子之行，称于识者，自迩及远，如兰蕙当风，苾芬袭人；如冬阳夏阴，人来归之。锡于是冒炎暑，涉远道，一拜高义，求他日之羽翼也。《周易·泰》："拔茅汇，征吉。"茅之连茹以其汇，类征往乃亨吉也。天地交，万物通，君子道长之时也。天在地下，以贵下贱之象也。小人狂瞽❹，奋笔伸志，若默于明公，失则多矣。是用喋喋谔谔❺，黩于聪明，取《春秋》"言以足志，志以足言，不言谁知其志"之义也。幸赐留意，幸甚。锡再拜。

【注释】

❶舍人：古代官名。

❷彍（guō）弩：用力拉满弓弩。

❸佞：巧言谄媚的人。

❹狂瞽（gǔ）：愚妄无知。多用作自谦之辞。

❺谔谔：直言争辩貌。

曾巩 《谢杜相公书》
以天下之义，报相助之恩

　　滴水之恩当涌泉相报，雪中送炭更是没齿难忘。在北宋著名文学家曾巩人生最孤立无助之时，名臣杜衍伸出援手助他摆脱困境。正是杜衍这一善举，改变了曾巩的一生。

　　曾巩的父亲曾易占是宋仁宗年间的进士，为官期间勤政为民，颇受百姓称道。曾父子女众多，但对孩子们的教育从未松懈。曾巩自幼机智敏锐，几百字的文章只要读过就能背诵下来。十二岁时试做《六论》，提笔便能写出，且文辞壮美。曾巩十八岁那年，曾父带他上京科考，虽然最终榜上无名，但是在此期间，他结识了挚友王安石，随后又入太学学习，成为欧阳修的学生，认识了杜衍、范仲淹等人。

宋仁宗景祐年间，曾父遭人诬陷而落职，此后家居不再出仕。1047年，曾巩再次随父前往京城，不料，途经南都（今河南商丘）时，曾父突然重病不起，曾巩无亲无故、无权无势、无依无靠，连为父亲看病抓药的银钱都难以筹集。"天倾地坏，殊州独哭"，堂堂男儿，躲在墙角哭泣不止。

这一年，将近七十岁的宰相杜衍正辞官闲居京中，他得知曾巩的困境后，马上伸出援手，"亲屈车骑"为曾父求医看病，可惜曾父病重，最终还是不治而去。曾父去世后，杜衍帮助曾巩料理其父的后事，让曾巩能够顺利地把父亲的棺柩运回家乡安葬。杜衍的大恩大德，曾巩此生难忘。时隔多年，曾巩想起此事仍是感激不尽，于是写下这封信，对杜衍再次表达诚挚的谢意：

> 回忆往昔，正是我在黄河边遇到祸事的时候，与我的家乡有四千里的距离。朝南远望，只能看见湍流汹涌的黄河，宽阔无边的淮水，绵亘不绝的土堤河堰、江河湖泊。在这险要之地，我因这些山川而受阻，不能回乡为父亲送葬。我孤身一人，面对难以预料的灾祸，独自徘徊在路旁角落，没有可以投靠的亲戚，也没有一见如故的朋友，可以让我依靠和托付。我既没有高尚的品德，对上可以感动达官显贵，也没有财富和权

势,对下可以动用普通的人。连为先父治疗的医药费用和办理丧事急需的物资,也不知道应当依靠谁来解决。而且在旅居之地存放的灵柩又如此沉重,我害怕不能将它运回。只有您在这种时候,亲自驾车来到黄河边,替我忧虑,殷切帮忙照看我的父亲,让我能够在先父病重期间,陪在他的身旁一心一意地照顾侍奉,并且用药问题也有人能一起商讨。直到我父亲去世,都没有琐事来影响我为先父尽哀,哪怕我的一些微末的私欲,也都如愿以偿;因此先父的这场盛大的丧礼得以回到南方家乡去完成。您对我照顾成全的恩情,是这样地超越常情啊!

我私下认为您经略天下的道义,都会受到后世的传颂和推崇,并不像见识短浅的人那样为一个小节上的完美而忙碌奔走。您地位崇高,而且年事已高,君王也不敢拿政事去烦扰您,难道我这个出身卑下的后生,应该用危急痛苦的心情、繁杂细小的琐事,去叨扰您的耳目,蒙受您的体恤吗?然而您却顾念与先父的交情,全力帮助我,给予我这么大的恩情。您虽然不在相位了,却关心着天下之事,而您那爱惜、栽培天下人才的品德,不舍得让士人无所依靠的道义,都是出于本性,而且您还会继续推行,并不会因为在职或隐退而有所变化。唯独我十分幸运，在这个时候遇见了您。在为父守丧期间，我不敢以世俗的浅薄思想违背礼仪法度来表达我对您的感谢。守丧结束后，又考虑到您对我的恩情太过厚重，几句空谈不能完全陈述我的心意，我反复思量，直到现在，连一封信也没有寄给您。因此我心里深感愧疚，片刻也不敢停止。希望您能够谅解。您心怀天下的道义，没有任何私欲，那么我也只能跟您一样心怀天下的道义，以此为报。我就是这样真诚地在内心发誓，立定心愿，却不敢说肯定能做到。

曾经的孤立无援、悲戚心酸，即便过去许多年，曾巩依旧记忆犹新，历历在目。杜衍的及时相助无异于雪中送炭。而且杜衍对曾巩的恩情不仅是救济之恩，还有知遇之恩。曾巩在《谢杜相公启》有言："往以孤生而蒙收接，又遭大故而被救存。"

杜衍为人宽厚、心胸豁达，"爱育天下之人才"，好引荐贤士，抑制佞幸之徒。如曾巩这样的后生，只要是贤才之人，他都会出以公心，为其举荐，给予帮助。杜衍清正廉明，一心为公，"存天下之义而无有所私"。自1008年登进士第到1047年致仕，从扬州观察推官到大宋宰相，为官整整三十九年，杜衍从来都是以为国为民为己任。在地方为官时，他刚正不阿、政绩显赫，受百姓爱戴；在朝廷任职时，他直言敢谏、忠于职守，受人尊敬；在致仕后，他朴素低调、淡泊名利、乐善好施。这样品性高洁的杜衍，曾巩无以为报，只得"亦惟天下之义"加以报答。

1057年，曾巩进士及第，开始步入仕途。此后的他始终遵守着书信里的承诺，以杜衍为榜样，以"天下之义"为责任。曾巩为政期间清廉正直，兴利除弊，心系天下民生。他几十年如一日，克己奉公，肃清吏治，禁止横征暴敛，赈济灾荒、除暴安良，整治水利、修桥补路，重视教育、培养人才，所做之事皆为百姓，深受万众拥戴，世人敬仰。

【书信原文】

伏念昔者，方巩之得祸罚于河滨，去其家四千里之远。南向而望，迅河大淮，埭❶堰湖江，天下之险，为其阻厄。而以孤独之身，抱不测之疾，茕茕路隅，无攀缘之亲、一见之旧，以为之托。又无至行，上之可以感人利势，下之可以动俗。惟先人之医药，与凡丧之所急，不知所以为赖，而旅榇❷之重大，惧无以归者。明公独于此时，闵闵❸勤勤，营救护视，亲屈车骑，临于河上。使其方先人之病，得一意于左右，而医药之有与谋。至其既孤，无外事之夺其哀，而毫发之私，无有不如其欲；莫大之丧，得以卒致而南。其为存全之恩，过越之义如此。

窃惟明公相天下之道，吟颂推说者穷万世，非如曲士汲汲❹一节之善。而位之极，年之高，天子不敢烦以政，岂乡同新学危苦之情、丛细之事，宜以彻于视听而蒙省察？然明公存先人之故，而所以尽于巩之德如此。盖明公虽不可起而寄天下之政，而爱育天下之人材，不忍一夫失其所之道，出于自然，推而行之，不以进退。而巩独幸遭明公于此时也。在丧之日，不敢以世俗浅意越礼进谢。丧除，又惟大恩之不可名，空言之不足陈，徘徊迄今，一书之未进。顾其惭生于心，无须臾废也。伏惟明公终赐亮察❺。夫明公存天下之义而无有所私，则巩之所以报于明公者，亦惟天下之义而已。誓心则然，未敢谓能也。

【注释】

❶埭（dài）：堵水的土堤。

❷旅榇（chèn）：在旅居之地停放灵柩。榇，棺材。

❸闵（mǐn）闵：忧虑，担心。

❹汲（jí）汲：忙碌奔走的样子。

❺亮察：明鉴，谅解。

苏轼 《与朱鄂州书》
悲生子不举，斥惨无人道

1079年，苏轼因"乌台诗案"下狱，侥幸获释后被贬至黄州。初到黄州，苏轼心情颓然，俸禄微薄，生活穷苦。恰逢友人朱寿昌在鄂州任职，与苏轼仅一江之隔。朱寿昌便屡送酒食接济苏轼。此后两人交往越发密切，互为知己，常书信往来。

随着时间推移，苏轼的心境趋于平静，心胸也更为豁达，加上他直率坦白的个性，时常交朋访友。有一天，友人王天麟来黄州看望苏轼，两人相谈甚欢。交谈中，苏轼偶然得知鄂州、岳州两地的贫苦人家因不堪人口税重负，只养育两男一女，如若多生，或遗弃，或溺杀，这种生而不养，弃婴、溺婴的陋习有个专有名词，叫"不举子"。

苏轼是个心善之人，初闻此事的他很是难受，内心难以平静，以致寝食难安。当想到在鄂州任太守的好友朱寿昌或许有能力遏制这种陋习时，他立马起身研墨、铺纸，提笔给好友写信：

苏轼陈述事情。最近通过驿车送去的信，想必您已收到。近日春天寒冷，不知您身体如何。昨天见了寄居武昌的殿直王天麟，偶然说起一件事，我听后感觉十分辛酸，饭都吃不下。我想如果不是康叔您这样的贤士，就不值得谈起这些话，因此专门派人给您送信。一般的俗人只想对付眼前的小事，救补罪过都来不及，哪儿还有剩余精力去管这闲事呢？天麟说：岳州、鄂州两地的乡野平民，一般只养两男一女，多于此数便杀掉，尤其忌讳养女孩，因此民间女子少，无妻或丧偶的男子多。婴儿一出生，多用冷水将其溺亡，孩子的父母也于心不忍，往往闭上眼睛转过脸去，用手把孩子按在水盆里，孩子咿呀啼哭好久才会死去。神山乡有一个叫石揆的人，连杀两子。去年夏天，他的妻子一胎生了四个孩子，痛苦难耐，最后母子几人全都死掉了。受到上天这样的报应，愚昧的人却仍不知畏惧。每当天麟听到附近发生这样的事，就赶紧跑过去救助，按照情况提供一些衣服和饮食，保全活命的婴孩不止一个。十多天后，有些没有孩子的人想讨要孩子，孩子的父母也往往不肯给了。由此可知，父子之间的情爱是本来就存在的天性，只是受到当地习俗的影响罢了。我听说鄂州有个叫秦光亨的人，如今已经及第，任安州司法。当他还在母亲肚子里时，他的舅舅陈遵，梦见一个小孩子拽着他的衣服，好像要说什么的样子。连续两天都梦见这个情景，非常急切的样子。陈遵马上想起自己的姐姐将要生产了，也不愿多要孩子，难道梦中的小孩就是应验姐姐的孩子？陈遵立即飞奔去探望姐姐，看到孩子已经被按到水盆中了，立刻把孩子救起来，才让孩子免于一死。鄂州人家家户户都知晓此事。

　　依照法律，故意杀害子孙者，判处两年的徒刑。此事州县官吏是可以纠察举报的。希望您可以把这些明确通知给各个县的官员们，让他们召集各村保正，告知他们这些法律，让他们知晓祸福利害，命令他们必须执行，要求他们回去相互转告，并且把这些律条抄录在墙上向平民百姓昭告，还要制定赏赐政策来鼓励人们向官府告发此类事情，赏钱就由犯人、邻里和保正来出，如果是佃户犯法则由租给田地的地主出钱。妇女怀孕生孩子要很长时间，因此邻居、保正和地主不可能不知道。如果生下孩子之后却杀害的，按理完全可以举报，包庇此事而不报告的，当然应该让他出赏钱。如果依照法律处置几个人，这种杀害婴孩的风气就会革除。您再让县令官吏们都以诚心去劝导地主富户，如果见到实在太穷困而无法养育孩子的，就多少帮扶一些。人非木石，他们也必定愿意这样做。只要孩子出生后几天不被杀害，以后就是有人再劝他们杀害婴孩，他们也不愿意了。从此以后，因为您而得以活命的婴孩，哪里还能数得清呢？

佛说杀害生灵之罪，其中以杀害胎卵的罪孽最为深重。对于六畜来说尚且这样，何况是对人呢？人们常说小孩得病很无辜，生下就被杀害才是真的无辜啊。幼孩和老人杀人尚且不会被判死刑，何况这些并无罪过却将要被杀害的婴孩呢？您如果能从万死之中救活婴孩性命，那积攒的阴德要比给成年人洗雪冤情多上十倍。往日王濬担任巴郡太守时，巴郡地区的百姓生下孩子后都不愿意抚养。王濬严格立法，减轻徭役，因此保全了好几千人。后来攻打吴国，那些被救活的婴孩已经长大到可以当兵的年纪。他们的父母告诫他们说："王太守救活了你，你一定要以死相报。"古代如王濬这样的好官员并非只有一个。生在当今社会,却具备古代良吏风范,除了您还有谁呢?只不过您尚未知道此事罢了。

我过去在密州的时候,碰上饥荒年,有很多的平民百姓都丢弃自己的孩子,于是我就盘点官库中募捐的米粮,拨出节余的数百石单独储放起来,专门收养那些被丢弃的孩子,每月供给六斗的粮食。过了一年,收养者与孩子产生了父母与子女之间的感情,孩子就不会再流离失所。如此一来,至少有数千个孩子被救活。这种事情,对您来说是易如反掌的。我仗着咱们友谊深厚,所以就不跟您见外了。不要怪罪,不要怪罪!另外,希望您能为了百姓保重自己的身体。不多说了,苏轼再叩首。

在信中,苏轼列举了一系列措施,建议朱寿昌制定法律法规,完善监督检举制度,号召各界人士共同抵制溺婴行为。后来苏轼发现黄州也存在"不举子"现象,便组织善心人士带头捐钱捐物,帮助那些无力抚养儿女的贫困人家。然而这些举措起到的作用微乎其微,根本无法根除"不举子"。或许苏轼自己也明白但又无可奈何,内心的不安使他不能坐视不理,只能安慰自己,发出"若岁活得百个小儿,亦闲居一乐事也"的感叹。

【书信原文】

轼启。近递中奉书,必达。比日❶春寒,起居何似。昨日武昌寄居王殿直天麟见过,偶说一事,闻之酸辛,为食不下。念非吾康叔之贤,莫足告语,故专遣此人。俗人区区,了眼前事,救过不暇❷,岂有余力及此度外事乎?天麟言:岳鄂间田野小人,例只养二男一女,过此辄杀之,尤讳养女,以故民间少女,多鳏夫❸。初生,辄以冷水浸杀,其父母亦不忍,率常闭目背面,以手按之水盆中,咿嘤良久乃死。有神山乡百姓石揆者,连杀两子,去岁夏中,其妻一产四子,楚毒不可堪忍,母子皆毙。报应如此,而愚人不知创艾。天麟每闻其侧近有此,辄驰救之,量与衣服饮食,全活者非一。既旬日,有无子息人欲乞其子者,辄亦不肯。以此知其父子之爱,天性故在,特牵于习俗耳。闻鄂人有秦光亨者,今已及第,为安州司法。方其在母也,其舅陈遵,梦一小儿挽其衣,若有所诉。比两夕,辄见之,其状甚急。遵独念其姊有娠将产,而意不乐多子,岂其应是乎?驰往省之,则儿已在水盆中矣,救之得免。鄂人户知之。

准律，故杀子孙，徒❹二年。此长吏所得按举。愿公明以告诸邑令佐，使召诸保正，告以法律，谕以祸福，约以必行，使归转以相语，仍录条粉壁晓示，且立赏召人告官，赏钱以犯人及邻保家财充，若客户则及其地主。妇人怀孕，经涉岁月，邻保地主，无不知者。若后杀之，其势足相举，觉容而不告，使出赏固宜。若依律行遣数人，此风便革。公更使令佐各以至意诱谕地主豪户，若实贫甚不能举子者，薄有以赒❺之。人非木石，亦必乐从。但得初生数日不杀，后虽劝之使杀，亦不肯矣。自今以往，缘公而得活者，岂可胜计哉。

佛言杀生之罪，以杀胎卵为最重。六畜犹尔，而况于人。俗谓小儿病为无辜，此真可谓无辜矣。悼耄❻杀人犹不死，况无罪而杀之乎？公能生之于万死中，其阴德十倍于雪活壮夫也。昔王濬为巴郡太守，巴人生子皆不举。濬严其科条，宽其徭役，所活数千人。及后伐吴，所活者皆堪为兵。其父母戒之曰："王府君生汝，汝必死之。"古之循吏，如此类者非一。居今之世，而有古循吏之风者，非公而谁。此事特未知耳。

轼向在密州，遇饥年，民多弃子，因盘量劝诱米，得出剩数百石别储之，专以收养弃儿，月给六斗。比期年❼，养者与儿，皆有父母之爱，遂不失所，所活亦数千人。此等事，在公如反手耳。恃深契，故不自外。不罪！不罪！此外，惟为民自重。不宣。轼再顿首。

【注释】

❶比日：最近。

❷救过不暇：来不及补救过失。

❸鳏（guān）夫：无妻或丧妻的人。

❹徒：古代拘禁犯人并使其服劳役之刑。

❺赒（zhōu）：救济，接济。

❻悼耄（dàomào）：幼童与老年人。

❼期（jī）年：一周年。

李清照 《上枢密韩公工部尚书胡公二首》
二公将出使，上诗为送行

1127年，金军南下入侵，攻破都城东京，掳走宋徽宗、宋钦宗父子以及后妃、宗亲等众多人，致北宋灭亡，史称"靖康之变"。同年，南逃至南京的宋徽宗之子、宋钦宗之弟赵构趁乱登基，定都临安，史称南宋。然而宋高宗赵构既无帝王该有的文治武功，也无重振山河、光复王室的壮志雄心。他怯懦、恐金，为寻求苟安，即使父兄妻女皆被俘，受尽凌辱，也依旧听之任之，一味求和。他重用主张投降的宰相秦桧，打压李纲、韩世忠等主战派，向金朝割地赔款，俯首称臣，以为屈辱求和可以稳定政权，保住南宋半壁江山。然而金人却并没有因此放弃进攻，他们继续南侵，南宋朝廷无法与之抗衡，致使多处城池失守。

金兵疯狂肆虐，所到之处，哀鸿遍野，百姓四处逃亡。女词人李清照因家乡沦陷，迫不得已南渡长江到达南京，后来又奔波辗转来到杭州。在此期间，不少宋军将领，不顾百姓安危弃城而逃。山河破碎，百姓流离失所，朝廷却步步退让、委曲求全，李清照既心痛又气愤，却也无可奈何。

1133年，宋高宗任命韩肖胄为端明殿学士，兼任签书枢密院事，作为通问使，工部尚书胡松年为副使，以慰问被俘的宋徽宗、宋钦宗为由出使金国。当时金强宋弱，两国关系又很紧张，这时候出使金国只怕凶多吉少，极有可能一去不复返。朝中大臣疑虑不安，无人敢前往，只有韩肖胄与胡松年二人挺身而出，慨然受命。李清照得知韩肖胄和胡松年即将出使金国，心中很是钦佩，特作古体诗各一章，托人带给韩肖胄，为他们送行：

> 绍兴三年五月，签书枢密院事韩肖胄、工部尚书胡松年出使金国，看望徽、钦二帝。我的父亲、祖父都出自韩公的门下。如今家道中落，李氏后人凋落，不敢登门拜见。加上我贫苦多病，但好在神志清明。见皇帝发布的此号令，不能不用言语来表达，因此作古、律诗各一章，来寄托

我微小的心意，希望您能翻阅我的文章。

其一

绍兴三年六月，高宗已经临朝许久。

皇帝庄重严肃地端坐，垂衣拱手，望着南天之云，想念着远方的父兄。

仿佛听见皇帝谈论朝廷里的文武百官。

说他们皆无贤能，且国家时运不佳充满灾难。

不必刻石记功名，不要种柳空慨叹。

难道没有像颍考叔这样的人，明白皇帝思念父兄的悲切之心吗？

如今不需要为尽孝而舍肉，便可乘车快速去探望。

疆域国土并没有什么可惜，玉器丝绸更是贱如尘泥。

如果没有胜任的使者，贡献给金人越多的钱物，而地位也会愈发卑贱。

百官一味附和，臣子们什么样，皇帝都明白。

朝中臣子谁最贤能，非韩肖胄莫属。

他是人中俊杰，是千万人的楷模。

他的曾祖是韩琦，祖父是韩忠彦，皆是贤臣

宰相。

匈奴畏惧汉相王商，吐蕃折服于唐将郭子仪。

韩门祖辈令外族吓破了胆，韩公您乃是最适合出使的人。

在大内宫殿作揖跪拜，接受派遣。

这等重要时刻，为臣不敢因困难推辞。

家里亲人不必牵挂，妻儿们不必告别。

敬奉天地宗庙，希望能得到灵验。

拿着皇帝的诏书，直接进入金国的都城。

匈奴的首领慌忙地跪拜，侍从们立刻出来迎接。

仁义的韩公仗恃着自己的威信，狂妄的人无须请缨。

有朝一日取来犬马之血，与对方结成同盟。

拥有胡公这般清正的德行实在很难，二公同心协力定能完成使命抚慰心志。

汉王曾解衣温暖韩信，荆轲刺秦不言易水寒冷。

天空与土地都是阴蒙一片，风势迅猛，而雨又未歇。

车声辚辚，马鸣萧萧，无论是壮士还是平

民，都为二位的出使感而悲泣。

像我这样寡居在家的妇人又懂什么呢，也滴血提笔书写一些进言。

金朝统治者的性情如狼似虎，不小心提防便会上当受伤。

希望将士们在披甲或登城的时候，能够记起当年楚国、平凉经历的背信弃义之事。

葵丘、践土并非荒芜之地，齐桓公、晋文公曾在此会盟诸侯。不要轻视善辩之人与读书之人。

曾被免官的袁虎，倚马信笔写就报捷文书。被留函谷关内的孟尝，令门客模仿鸡鸣顺利出关。

灵巧的工匠不曾丢弃不材之木，卑贱之人浅薄的言论也许有益处。

不渴望隋珠、和氏璧这样的珍宝，只盼望能传来远方家乡的新消息。

灵光殿虽然还在，但也应该荒凉了吧？殿前的石像如今还在吗？

幸存下来的百姓是否还习惯种着桑麻？金人是否还把守着城郭？

我父亲出生于齐鲁之地，虽然地位低下，但

名气比起其他人来说还算高。

犹记得战国时的稷下，众学士纵情谈论，场面可谓是盛况空前。

后世子孙南渡才没多少年，如今已经与流亡者一道飘零了。

我想要登上齐鲁之地的东山，洒下那一抔黄土。将一腔血泪寄予祖国河山。

其二

期望看到朝廷使臣出使金朝，百姓用竹篮盛饭，用瓦壶装酒夹道欢迎。

连昌宫、华萼楼中的桃木、鸟鹊都会以愉悦的心情来恭迎。

如果皇上怜悯这黎民百姓，那么上天也一定会体恤同情。

皇上的信誉如同明亮的太阳，应该清楚越是订立盟约议和，越是滋长动乱。

李清照在诗中直接道破了宋高宗派韩、胡出使金朝的真实目的：与金朝议和。她一面隐晦地讽刺宋高宗的虚情假意和卑躬屈膝的嘴脸，一面高调盛赞韩肖胄、胡松年的大无畏精神；她思念故乡，恨南宋朝廷无能、卖国求荣，又矛盾地期盼朝廷能收复失地，同

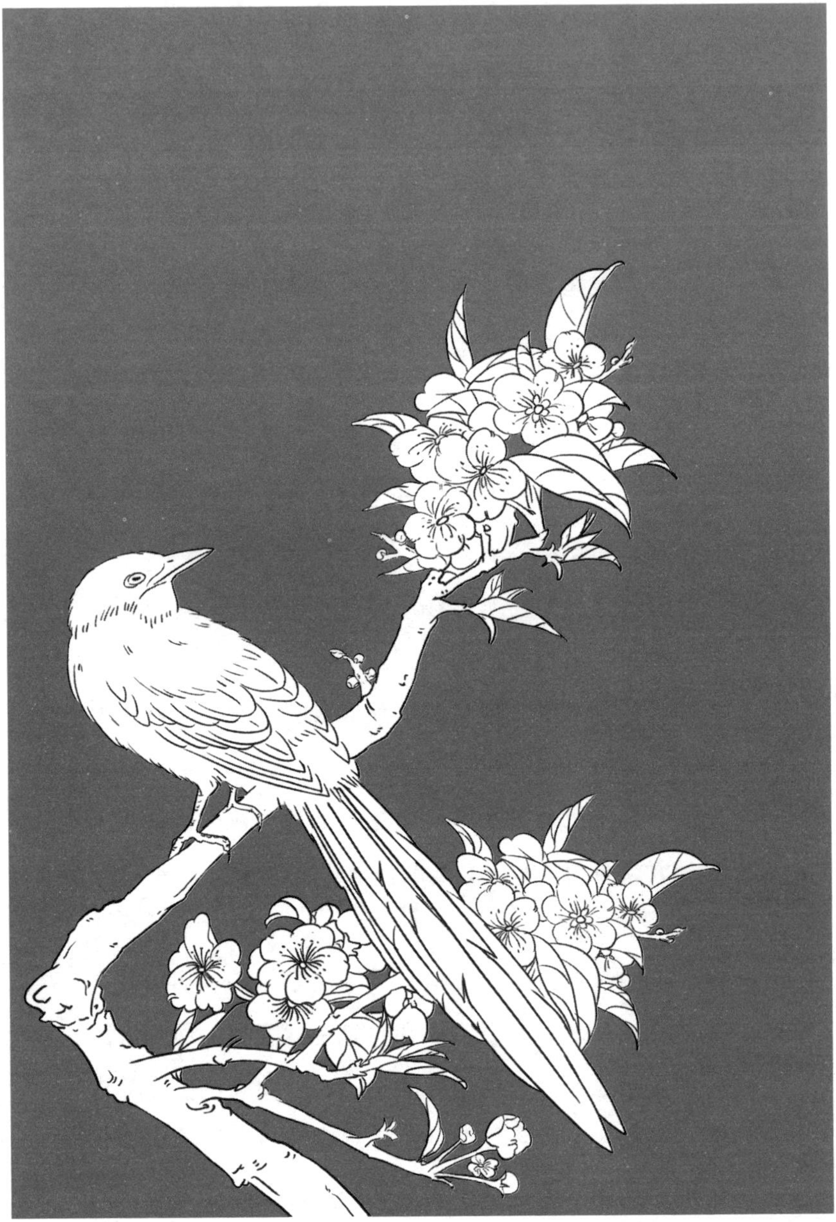

时又对韩、胡寄了了厚望，希望他们不辱使命，为大宋带来好消息。

按理说，韩肖胄、胡松年出使金朝是为了求和，这与李清照的政治主张截然相反，她为何还如此赞颂他们？

原来韩肖胄受命后，曾向宋高宗上奏："是战还是和，暂且尚未定论，但是求和只是权宜之计。他日国家强大，军声大振，誓当报仇雪恨，一雪前耻。现在我出使金朝，也许半年之内不能回来复命，金朝必定又有阴谋，到时候您一定要迅速出兵，不要因为臣在金朝而有所顾虑。"临行前，韩肖胄的母亲为打消儿子的顾虑，特意与他促膝长谈，告诫他，让他放心前往，不要牵挂家中亲人。可见韩肖胄是抱着必死之心前往金朝的，同时也说明他并非卖国求荣、偏安享乐之人。他与李清照一样，有亡国之痛、统一之心。

胡松年也在人人都认为出使金国生死难测时毅然出列，主动出使金朝，是名副其实的爱国大臣。他鄙视秦桧，主张抗金，一心为国为民，虽居闲也不忘朝廷事，这样的人怎能不让人敬佩？

【书信原文】

上枢密韩肖胄诗二首 并序

绍兴癸丑五月,枢密韩公、工部尚书胡公使虏,通两宫也。有易安室者,父祖皆出韩公门下。今家世沦替,子姓寒微,不敢望公之车尘。又贫病,但神明未衰落。见此大号令,不能忘言,作古、律诗各一章,以寄区区之意,以待采诗者云。

其一

三年夏六月,天子视朝久。
凝旒❶望南云,垂衣思北狩。
如闻帝若曰,岳牧与群后。
贤宁无半千,运已遇阳九。
勿勒燕然铭,勿种金城柳。
岂无纯孝臣,识此霜露悲?
何必羹舍肉,便可车载脂。
土地非所惜,玉帛如尘泥。
谁当可将命,币厚辞益卑。
四岳佥曰俞,臣下帝所知。
中朝第一人,春官有昌黎。
身为百夫特,行足万人师。
嘉祐与建中,为政有皋夔。
匈奴畏王商,吐蕃尊子仪。

夷狄已破胆,将命公所宜。
公拜手稽首,受命白玉墀。
曰臣敢辞难,此亦何等时!
家人安足谋,妻子不必辞。
愿奉天地灵,愿奉宗庙威。
径持紫泥诏,直入黄龙城。
单于定稽颡❷,侍子当来迎。
仁君方恃信,狂生休请缨。
或取犬马血,与结天日盟。

胡公清德人所难,谋同德协必志安。
脱衣已被汉恩暖,离歌不道易水寒。
皇天久阴后土湿,雨势未回风势急。
车声辚辚马萧萧,壮士懦夫俱感泣。
闾阎嫠妇亦何知,沥血投书干记室。
夷虏从来性虎狼,不虞预备庸何伤。
衷甲昔时闻楚幕,乘城前日记平凉。
葵丘践土非荒城,勿轻谈士弃儒生。
露布❸词成马犹倚,崤函关出鸡未鸣。

巧匠何曾弃樗栎,刍荛之言或有益。
不乞隋珠与和璧,只乞乡关新消息。
灵光虽在应萧萧,草中翁仲今何若?

遗氓岂尚种桑麻，残虏如闻保城郭。
嫠家❹父祖生齐鲁，位下名高人比数。
当年稷下纵谈时，犹记人挥汗成雨。
子孙南渡今几年，飘流遂与流人伍。
欲将血泪寄山河，去洒东山一抔土。

其二

想见皇华过二京❺，壶浆❻夹道万人迎。
连昌宫里桃应在，华萼楼前鹊定惊。
但说帝心怜赤子❼，须知天意念苍生。
圣君大信明如日，长乱何须在屡盟。

【注释】

❶凝旒（liú）：指天子端坐时，玉穗一动不动，这里代指皇帝。旒，古代帝王冠冕前后悬垂的玉穗。

❷稽颡（sǎng）：古代的一种跪拜礼。颡，脑门儿。

❸露布：即布告，不封口的捷报和文书。

❹嫠（lí）家：寡妇之家。此为李清照自称。

❺二京：南宋使臣赴金，要经过南京（今河南商丘）、东京（今河南开封）。

❻壶浆：百姓以壶盛浆慰劳义师。

❼赤子：黎民百姓。

谢枋得 | **《却聘书》**
慷慨赴死易，从容就义难

　　谢枋得自幼一目五行，过目不忘。他天性率直，常常直言不讳，与人谈论古今和国家大事时总是拍案而起，情绪激动，一生把"忠义"二字奉为圭臬。

　　宝祐年间，谢枋得参加进士考试，在策论时严厉抨击了当朝丞相董槐和人称"阎罗"的宦官董宋臣，因而只中了乙科。后被任命抚州司户参军，他弃职离去，第二年应考教官，中兼经科，担任建宁府教授。

　　1257年，谢枋得在建宁府主持考试，他以指责大臣贾似道的政事为试卷题目，贾似道就以谢枋得不守法纪、诽谤他人为罪名追夺了谢枋得的官职，将他贬到兴国军。

　　1275年，朝廷重新起用谢枋得为江东提刑、江西招谕使，管理信州。当时吕文焕降元，引元军东下，谢枋得率兵抗元，但没能守住，信州城陷后，他流亡建阳隐居，以卖卜教书度日。

元灭南宋后，为收拢人心下诏赦免所有抗元的南宋遗臣。有大臣举荐以谢枋得为首的宋臣二十二人，谢枋得推辞不去；次年又有大臣奉旨召他，他又拒绝了。朝廷钦佩谢枋得的行为，于是请时任元朝尚书的谢枋得恩师留梦炎亲自写信劝其出仕，谢枋得无奈，提笔回信给恩师：

伯夷、叔齐虽然不在周朝做官，只吃西山的野菜充饥，也应该知道周武王的恩典；四皓虽然不在汉朝做官，只吃商山上的灵芝为生，也应该知道汉高祖皇帝的恩典；更何况在大元朝的土地上吃粗饭喝稀粥的人们呢？

大元朝廷赦免我好几次了，我受朝廷的恩典也很隆厚了。如果我效仿鲁仲连投东海而死是不可以的。如今已经是大元的臣民了，庄子说："把我当成马称呼我的，我就当马来回应他们；把我当成牛称呼我的，我就当牛来回应他们。"世上的人有称呼我是宋朝逃亡的臣子，也可以；称呼我是大元的消极懒惰臣民，也可以；说我是大宋的刁民，也可以；说我是大元的隐士，也可以。是当轮子还是当弹丸，就随造化；是当虫子肢体还是老鼠心肝，全凭上天发落。如果我贪图权力富贵，昧心去做官，就算朝廷仁厚宽恕，天地都包容，可怜我孤身一个，不忍心处死我，但我有什么面目面对大元朝廷啊？

我和世间的一草一木共同享受圣明朝廷的恩赐，活着的时候称呼我是正直的知识分子，死后在路旁立碑表彰，上刻"宋处士谢某之墓"。虽然我死了，却像重生一般。感恩戴德，天可怜见！司马迁曾说："人总是要死的，有的人死了重于泰山，有的人死了轻于鸿毛。"祖辈们延伸这句话的意思为："慷慨赴死容易，从容就义困难。"您也可以凭这些了解我的心了。

谢枋得的婉拒外柔内刚，故意以恭顺的言语抒发自己的愤懑之心，正话反说，反话正说，列举伯夷、叔齐和商山四皓，表面上说要像他们一样知新朝之恩，实际上是以他们的行为自勉，不仕新朝。

当时，福建行省参政魏天祐见朝廷以寻求人才作为当务之急，又见对谢枋得屡召不得，心想如果自己能全了朝廷的心意岂不大功一件，于是前去劝降。没想到谢枋得见到他也不行礼，还大骂道："魏天祐在福建做官，丝毫没有推广恩惠善意，相反还办起银矿祸害百姓，难道想要我们这些人来修饰伪善吗？"魏天祐大怒，强行逼迫谢枋得到北方去。从这天起，谢枋得就不再吃饭了。

1289年四月，谢枋得到了京师，询问前朝帝后的灵柩停放在哪里，向那个方向拜了两拜，悲痛哭泣。不久后，谢枋得大病，迁居到悯忠寺，看到墙上的《曹娥碑》文，大哭道："一个小女子尚且那样孝义，我难道能不如她吗？"

留梦炎担心谢枋得的病情，派太医把药物拌进米饭让他进食，谢枋得大怒说："我就是想死，你们竟还要让我活吗！"于是把药饭扔在地上，最终绝食而死。

【书信原文】

夷、齐虽不仕周，食西山之薇，亦当知武王之恩；四皓虽不仕汉，茹商山之芝，亦当知高帝之恩；况羹藜含粝于大元之土地乎？

大元之赦某屡矣，某受大元之恩亦厚矣！若效鲁仲连蹈东海而死则不可。今既为大元之游民矣，庄子曰："呼我为马者，应之以为马；呼我为牛者，应之以为牛。"世之人有呼我为宋之逋播臣❶者，亦可；呼我为大元游惰民者，亦可；呼我为宋顽民者，亦可；呼我为大元之逸民者，亦可。为轮为弹，与化往来；虫臂鼠肝，随天付予。若贪恋官爵，昧于一行❷，纵大元仁恕，天涵地容，哀怜孤臣，不忍加戮，某有何面目见大元乎？

某与太平草木，同沾圣朝之雨露。生称善士，死表于道曰："宋处士❸谢某之墓。"虽死之日，犹生之年，感恩感德，天实临之！司马子长有言："人莫不有一死，死或重于泰山，或轻于鸿毛。"先民广其说曰："慷慨赴死易，从容就义难。"公亦可以察某之心矣。

【注释】

❶逋播臣：逃亡的臣子。
❷昧于一行：迷惑于一时的行为。
❸处士：隐居不仕的士人。

明清

一寸丹心图报国

王叔英 《与方正学书》
政见各异，气节相投

谈起明朝的历史，就不得不提及一个人，那就是明初著名大臣、学者方孝孺。

方孝孺又称"正学先生"，师从大儒宋濂，为宋濂门下最优秀的学生。其父为方克勤，曾是山东济宁知府，他为政清廉、功绩显著，因受"空印案"牵连而被处死。

明代官员俸禄极其微薄，方孝孺的父亲虽官至知府，却从不以权谋私，生活一直清寒贫苦。受父亲影响，方孝孺即使家中断炊，依然能乐观面对。有一次，方孝孺因病卧床，恰巧家中无米下锅，家人将此事告知他，他却笑着说："难道只有我一个人贫困吗？"是啊，相比那些衣不蔽体、食不果腹、家中无良田的底层百姓，方家的情况已然算是很好。百姓的疾苦一直是方孝孺的一块心病。

1382年，满腹经纶的方孝孺受明太祖朱元璋召见。太祖很是欣赏方孝孺，觉得他是正人君子，却认为当时还不是重用他的时候。十年之后，方孝孺再次被举荐给朱元璋。这次，朱元璋封他为汉中教授，专为儒生讲学。

太祖驾崩后，其孙朱允炆继位，改年号为建文，称建文帝。建文帝非常倚重方孝孺，对他信任有加，授以文学博士的官职，国家政事，悉以咨之。方孝孺对建文帝也是忠心不二，竭尽全力辅佐年轻的君王实施新政、推行仁政，并向建文帝提出恢复井田制的建议。

井田制盛行于西周时期，但是方孝孺所推行的井田制与西周的井田制不尽相同。他曾在《与友人论井田》里说道，"富者之威，上足以持公府之柄，下足以钳小民之财""富者益富，贫者益贫""使人人有田，田各有公田，通力趋事，相救相恤"。

以民为本的方孝孺极力推行井田制只是希望"人人有田"。可是他的这种理念在当时可以说是天方夜谭，甚至会得罪皇亲贵戚。当时有不少大臣提出反对意见，时为翰林修撰的王叔英便是其中之一。作为方孝孺的知己好友，王叔英想要规劝好友，为此他写下此信：

我和您已经分别十多年了。这十几年，我对您有多仰慕，写给您的书信是否收到，这都是小事罢了，暂且放下不提。只有您，身系着世人的希望。您与士人的用进废退、天下人的幸与不幸都息息相关。听说您被召见，预计此时您必定已经到达京城，接受重任了。这实在是天下的大幸，因此我斗胆向您进言。

大有经略天下的才能的人能被任用固然是难得的，而善于施展自己的才能的人尤其难得。像张良对于汉高祖，能运用自己的才能。贾谊对于汉文帝，无法正确施用自己的才能。为什么呢？张良对于汉高祖，认识到事情能够实行后再进言，言论不曾不切合实际。汉高祖任用他，当时就获得他带来的好处。所以即使像樊哙、吕后那样和汉高祖十分亲近的人，也无法离间他；像陈平和周勃那样得到汉高祖如此信任的人，也无法非议他；像萧何那样被汉高祖委以重任的人，也不能夺去信任。这就是因为张良能够善于运用自己的才能。贾谊对于汉文帝，无法认识到有些事皇上不能做却轻易献言，并且又说得太过。所以大臣周勃、灌婴等人，才能看到他的缺点而指责他。所以汉文帝不接受他的进言。这就是贾谊无法运用他的才能的原因。现在皇帝求取贤才的心意，向上可以与尧、舜齐同，这原本可不是汉高祖、汉文帝能够比较的。您给予君主惠泽百姓的方法，远的可以与皋陶、夔相当，这也不是张良、贾谊能比得上的。正如人们所说的明君良臣相遇，千百年来只有一次罢了。您如果见到我们的君主，不垂询就罢了，如果垂询您一定可以畅所欲言。您不进言就罢了，只要进言我们国君就必定完全采纳。使百姓可以处在尧、舜那样和乐光明的盛世的机遇就在此时了。这难道不是天下的大幸吗！

虽然是这样，但世间的事情固然有古今都可通行的，但也有古代可以通行而现在不可通行的。像夏代的历法、周代的服饰这类的东西，既可以在古代通行又可以在现在通行。如井田制度、分封制度等，可以在古代通行但很难在现在通行。能够通行的就去施行，那么人们遵从它就容易。难以通行的却执行，那么人们遵循它也就困难。如果容易遵循，那么百姓就乐于享受它带来的益处。如果难以遵从，那么百姓就遭受祸患。这就像君子治理国家，重要的是可以因时制宜。您在这些方面，反复仔细考虑并藏在心里很久了，实施起来易如反掌，哪里还需要等我赘言呢？然而我听说"聪明的人思考千次，必定有一次大意。蠢笨的人思考千次，一定会有收获"，因此我不得不向您进言。

依照人之常情，对一个人爱得很深，并且对他可能遇到的祸乱都考虑得到的话，一定能在祸患到来之前补救。如果等到他已经发生过错，再去弥补，这就是爱得不深从而考虑得不周密，那难道就是忠心吗？世间像我这样深切了解您，尤其爱戴您的人，原本就有很多。我私下认为对您忠诚的人，还没有可以比得上我的，恭敬地请您稍微体察。

王叔英是个敦本务实、开明通达之人，为了让方孝孺实事求是地看清问题，他非常用心地列举了历史上的经验和教训。他了解方孝孺，知道好友"研诸虑而藏诸心者非一日矣"，所以他分析利弊，解析缘由，预知"民受其患"的后果，戳中了好友的弱点。终建文帝一朝，井田制只是提及，并没有真正地实行过，但是方孝孺还是主推《周官》，用来更改制度，只是不仅没见成效，还成了燕王朱棣反叛的借口。

1399年，燕王朱棣打着"清君侧"的旗号起兵造反，方孝孺亲撰檄文，号召天下征讨。1402年，朱棣攻进京城，宫中火起，建文帝不知所终，方孝孺被俘。新帝明成祖朱棣欲使方孝孺草拟诏书，方孝孺宁死不从，遂将其诛杀，并灭十族，死者达八百七十余人。一代名儒就此落幕。

王叔英不愧是方孝孺的知己，他们的心性是如此相像，都把气节看得比生命更重。当王叔英知道方孝孺被诛后，他先是沐浴更衣，写下绝命词，藏于衣襟中，随后自绝于元妙观的银杏树上。建文帝的另一位至忠之臣也就这样慷慨赴死了。

【书信原文】

仆于执事❶别十余年。其间情慕之浅深，书问之达否，曰事之细者耳，姑置之不足道也。惟执事之身，系天下之望。士之进退，天下之幸不幸与焉。侧闻被召，计此时必已到京，获膺❷大任矣。兹实天下之大幸也，故敢有说以进于左右焉。

凡人有措天下之才者固难，自用其才者尤难。如子房之于高祖，能用其才者也。贾谊之于文帝，未能自用其才者也。何则？子房之于高祖，察其可行而后言，言之未尝不中。高祖得以用之，而时受其利。故亲如樊、吕，不可得而间；信如陵、勃，不可得而非；任如萧何，不可得而夺。此子房所以能自用其才也。贾谊之于文帝，不察其未能而易言之，且又言之太过。故大臣绛、灌❸之属，得以短之❹。于是文帝不能获用其言。此贾谊所以不能自用其才也。方今圣天子，求贤用才之意，上追尧、舜，固非高祖、文帝可比。而执事致君泽民之术，远方皋、夔，亦非子房、贾谊可伦。真所谓明良相逢，千载一时者也。将见吾君不问则已，问则执事必能尽言。执事不言则已，言则吾君必能尽用。致斯民于唐虞雍熙❺之盛者，在是矣。岂非天下之幸欤？

虽然，天下之事，固有行于古而亦可行于今者，亦有行于古而难行于今者。如夏时、周冕之类，此行古而亦可行于今者也。如井田、封建之类，可行于古而难行于今者也。可行者行之，则人之从之也易。难行者而行之，则人之从之也难。从之易则民乐其利，从之难则民受其患。此君子之用世，所贵乎得时措之宜也。执事于此，研诸虑而藏诸心❻者非一日矣，措之犹反掌耳，尚何待于愚言之赘哉！仆闻"智者千虑，必有一失。愚者千虑，必有一得"，故不能无言于左右耳。

夫人情爱其人之深，而虑其患之至者，必救其失于未患之先。苟待其既失，而后救之，是乃爱之浅而虑之疏也，其得为忠乎？天下知执事之深，爱执事之至如仆者固多矣。窃谓忠于执事未有能有过于仆者。伏惟少垂察焉。

【注释】

❶执事：对对方的敬称。

❷膺：接受。

❸绛、灌：绛，即绛侯周勃。灌，灌婴，刘邦的大将，因功封颍阴侯，文帝时继周勃任丞相。

❹短之：说他坏话。

❺唐虞雍熙：唐虞，即尧、舜，因尧又称陶唐氏，舜又称有虞氏。雍熙，和乐光明。

❻研诸虑而藏诸心：反复仔细考虑并藏在心里。研，研究。

海瑞 《治安疏》
批鳞折槛，肃皇帝玄修之误

1521年，明武宗朱厚照突发急病而亡，因生前未留有子嗣，最终皇位落在其堂弟朱厚熜的头上。明世宗朱厚熜在执政之初也算是位有为之君，他勤于政事，除弊革新，惩治贪官污吏、重用贤臣，从而使得朝廷政治清明，国家中兴。可是到了中期，朱厚熜开始不思进取，迷信修仙，逐渐荒废政务，性情变得暴戾无常，对宫人动辄刑罚，苛刻至极，使他们备受摧残、饱受折磨。

1542年为壬寅年，忍无可忍的王宁嫔等后妃联合杨金英等数十名宫女伺机谋杀皇帝朱厚熜。她们趁朱厚熜熟睡之时用丝带套住他的颈脖，准备勒死他。但是由于宫女们太过紧张慌乱，丝带一不小心被打了死结，再无法收紧。眼见皇帝没死成，宫女张金莲心理防线瞬间崩塌，她害怕了，心生悔意，悄悄跑到皇后寝宫告密。最终，朱厚熜被救，而涉事的后妃宫女们全都被处以极刑。这就是明朝历史上著名的"壬寅宫变"。

然而死里逃生的朱厚熜不仅没有引以为戒、洗心革面，反而更加残暴。他搬离皇宫，独居在西苑，一心一意寻求长生不老之术，开启了二十几年不视朝、不回大内的怠政时期。当时严嵩当国，以其子严世蕃和赵文华等为爪牙，操纵国事，吞没军饷，又杀害主张收复河套的曾铣、抗倭有功的张经、指斥他罪行的杨继盛等。于是内阁纷争、吏治败坏，东南有倭寇侵扰，北方有鞑靼攻袭，政治和经济都出现重大的危机。在此期间，有不少朝廷大臣反对朱厚熜的这种行为并且直言劝谏，却被扣上罪名。他们要么被关押入狱，要么被杖毙。至此再也没有人敢言时政，皇帝朱厚熜身边皆是些谄媚讨好之人。

1564年，一个名叫海瑞的地方官员被提拔为户部云南清吏司主事，留任京都。此人官卑职小却正直胆大，任职两年后冒死上书给皇帝朱厚熜，痛批当前朝政，斥责他昏聩误国：

户部云南清吏司主事海瑞恭敬谨慎地上奏：

为了直接说明当今天下第一重要的事以匡正君主的德行道义、明确大臣的职责、求得万世幸福安康的乐事。

　　国君，是天下臣民万物之主。正因为他是天下臣民万物之主，所以他的责任十分重大。一切与百姓利益分配和生活质量有关的事务，有一处不知不闻，却施行了就可能出现失误，这是不称职的。因此，侍奉陛下的方法应该是包括多方面的、准备充分的，并且应该把主要的职责寄托在群臣百官身上，让他们各抒己见。大臣们知无不言，那么陛下才可能尽到自己的职责。从前那些把让陛下开心当作要务，曲意逢迎讨好陛下，结果导致祸患无穷，言路受阻，不让您听到实际情况的大臣，现在也不值当地提了。那些思虑过多、危言耸听的人却又说："君子即使遇到贤明的君主，也感到危机；即使处在太平盛世，也感到担忧。"天下如果太平了，就要把它当不太平来忧虑；陛下如果英明了，就要把他当不英明来担心。这难道不是反而让人眼花缭乱又茫然无措，不知道取舍进退了吗？这并非通达的言论啊。

　　我承蒙国家巨大的恩惠，请陛下允许我坚持宁可犯颜直谏也不愿说违心话的原则。美好的

书信里的中国：家国情怀

就说美好的，不多夸一丝虚假的好；错误的就说错误的，不隐瞒一毫的过错。不故意讨好让您开心，也不过多地谋划，我要诚心诚意地为陛下说出实情。汉代的贾谊在陈述国家政事时向汉文帝说："进言的人都说天下已经安定太平，却只有臣认为天下还没有太平。说天下安定且太平的人，不是愚昧无知就是献媚讨好。"虽然汉文帝是汉朝贤明的君主，但贾谊也并不是要苛刻地责备他。文帝性情十分温和仁爱，近乎柔弱，对人慈和，生活朴素，虽然有亲民的美德，但也喜欢游戏偷闲，以至于经常耽搁政事。不追查产生这些弊端的缘由，而一味地认为天下安定太平，这样是愚昧的；不探寻其才能的不足之处，而一概用安宁的政事和国家太平来赞颂他，这是阿谀谄媚。陛下你觉得自己和汉文帝相比怎么样呢？陛下天资聪慧，英明果断，才识过人，向上能够成为尧、舜那样的贤能君主，也能够成为夏禹、商汤、周文王、周武王那样的通明君主，向下也可以像汉宣帝那样励精图治，像光武帝那样恢宏大度，像唐太宗那样英明神武，像唐宪宗一样有平定叛乱之志，以及像宋仁宗那样有仁爱宽恕之心，他们都有值得学习的一面，陛下只要向他们学习，肯定做得比他们更好。陛下登基之初，革除积弊,除旧布新,使得国家呈现万象更新的景象。我列举大致的几条:规诫人们修养心性,改定衣帽服饰制度用来识别身份,撤除孔庙里的塑像,改用木制牌位,削除宦官在朝廷内外的权力,撤销元世祖在孔庙的牌位,后不再祭祀,祭奠孔子并兼祭孔子的父母。那时候天下百姓都高兴地期待着,认为您一定会有所作为。有博识的人认为只要有好的大臣们辅助皇上,用不了多久太平盛世就能到来。这并不是空话。陛下比汉文帝强多了。但汉文帝能充分应用宽厚仁慈的天性,勤俭节约,关爱百姓,宋朝的吕祖谦称赞他知人善任、人尽其才,实际情况也确实如此。一时间虽然天下不能够称得上是完全意义上的太平盛世,但国库充盈,连穿钱的绳子都朽烂了,钱粮富足,百姓生活安康。在夏、商、周三代以下的君王中,汉文帝可以称得上是贤明的君主。陛下您虽积极进取,却没能坚持多久,一些虚妄荒谬的念头使您偏离了初衷,使您把自己的刚强的性情、英明的才智用到了错误的地方。您认为自己肯定能够长生不老,然后就专心地去研究玄修。陛下您拥有富足的天下,却不念及这都是百姓的财富,而去大规模地兴建宫殿寺庙。二十多年不上朝视察,导致纲纪废弛。多次施行所谓的推广事例,导致名爵泛滥。因为您追求长生不老,皇子们不能与您见面,百姓大臣们认为您并不看重父子亲情;又因您猜忌和听信谗言,杀害侮辱朝廷中的大臣,百姓大臣们认为您轻视君臣之礼;您在西苑赏玩游乐却不回宫,百姓大臣们认为您不重视夫妻之情。朝廷内外贪官污吏众多,军队孱弱,百姓民不聊生,水祸旱灾频繁,盗贼猖獗,在陛下登上皇位的初年,也存在着这些情况,但情况并不严重。现在赋税徭役逐年增加,各个地方也开始模仿朝廷做派。陛下您花费很多钱财用来礼佛拜道,国家财库几乎一无所有了,这十多年来,变本加厉到了极点。因此天下人就推测您更改的年号:"嘉靖,是指每家每户粮食都吃干净,钱财也花干净。"近来,严嵩被罢免了宰相的官职,严世蕃被判处死刑,勉强能够让百姓们满意,一时被称作是政治清明的时期。但是严嵩被罢免宰相一职之后,情况和严嵩担任宰相之前一样,并没有出现政治清明的太平盛世,远远比不过汉文帝时期。天下百姓对您不满已经很久了!这是朝廷内外的大臣都知晓的。能知晓这些,就说明他们并不愚昧无知,《诗经》说:"周宣王有了过错,只能由仲山甫弥补。"如今就要依靠诸位大臣的辅佐来弥补陛下的过错，让您步入正轨，这就是诸位大臣的职责。怎么能够认为圣人就绝对不会犯错呢？那古代设置官职，就只需要文采好、会办事的人就够了，何必要求他们也要直言进谏呢？保氏负责劝谏君王的不良言行，若果真无错，那这个官职不必要设置。对错误行为的规劝是应该的，但贤能的人不必再说起。设坛作法事时，群臣一个接一个地进香，献上仙桃仙药，又一个接一个地表示祝贺之意。大规模修建宫殿时，工部尽全力筑造；为获取香料、宝物，户部派人到处寻觅。陛下有错误的行为，群臣就顺从地追随，没有一人为陛下阐释是非对错。公开讨论得失，发扬善良风尚，抑制恶俗的道理，已经很长时间听不到了，献媚讨好已经成风。可是这些人心愧气馁，不敢当面直言，只在背后议论，一味地顺从陛下，昧着良心歌颂陛下的功德。这样欺瞒陛下的罪名该怎样处置呢？天下，就是陛下您的家。没有人会不顾虑自己的家。朝廷内外的大臣，他们做官的准则，他们谏言的责任，都是用来保护陛下的家，使它坚不可摧。一心一意地进行玄修，这是因为陛下的内心被迷惑；太过苛刻独断，这是因为陛下的性情出现偏颇。那么说陛下不顾虑自己的家，这合乎人情吗？有些臣子因自身的私欲太重，得到一官半职后大多数又因蒙骗、受贿、玩忽职守而失去官职，这些人实属不合您的心意。与之不同的是，如果君臣间偶然不和，他们就会说陛下看轻臣子。有的臣子心思不正，学问低下，所说的话不免带有私欲，或者失于详审，诚如胡寅扰乱政事的言论，这些人也是不合您的心意的。与之不同的是，君臣言论偶然不一样时，就说陛下是刚愎自用，拒绝听取大臣的意见。拿一两件陛下做得不妥当的事来揣测出陛下所做之事皆不妥当，让陛下您陷入知错不改的艰难处境，诸位臣子欺瞒君主的罪过实在太大了。《礼记》上说："君主有疑问，那么百姓就更加迷惑；臣子不忠，那么君主就要劳苦疲累。"说的就是如今这种情形。当臣子们把保全身家的私欲与惶恐的心思相结合，那么就会模糊他们作为人臣的职责，我用一两件事作为例证，替群臣分析过了。当陛下把寻求长生不老的决心与迷惑不醒的心思相结合时，诸位大臣就会心怀不满，有失君道。请允许我再次为陛下开导。陛下您的过失实在是太多了，这主要是因为修醮。而您修醮也是为了长生不老。从古代到现在，圣贤们只不过是加强自身的修养，坦然地接受生老病死的自然规律。因为上天能赐予我们生命，就已经足够了。尧、舜、夏禹、商汤、周文王、周武王等君主都是最圣明的贤人,他们也未能长生不老。在此之后也没看到汉、唐、宋的方外人士存活至今,能够让陛下求得他们长生的术法。陛下您把陶仲文称作老师,但是仲文已经逝世了。仲文都不能活得很久,陛下自己还去寻求什么长生不老的术法呢?至于所说的上天赐予的仙桃、药丸,就更加怪诞虚妄。之前伏羲氏在天下称王时,龙马从黄河跳跃而出,于是他就依照它身上的花纹画出了八卦图;大禹治水时,神龟的背上列满花纹,于是他就依次画了下来,最后变成九畴。确实有像《河图》《洛书》这样的神物,泄露这千万年来不传于世的秘密。上天不爱阐明,就把它给圣人看,由圣人来展示给世人,就像日月星辰散布在天空,人们因此制定出了历法一样,这并不是异想天开的事情。宋真宗在乾佑山得到天书,孙奭进谏说:"上天哪里会说话呢?怎么能有书呢?"桃必须经过采摘才能收获,药必须经过人工锤炼才能制成。这毫无缘由就能得到,桃和药难道可以自己行走吗?上天赏赐的东西,那么上天会直接送到你手中吗?陛下修炼了很多年,也没有得到任何东西。到如今,您身边的奸佞之人都在迎合您荒诞的想法,使您以为仅用桃子和药剂就能够长生不老，那真是没有任何道理可言，从而可知玄修是没有好处的。陛下又会说通过刑罚与嘉赏的方式来督导群臣，分别管理，天下就没有不能治理的地方了，那么修炼不也没坏处了吗？但人从幼时就开始学习，却从没有学习过以道术为君王效忠、为百姓求恩泽的知识；长大以后行事，也不会有为君主为百姓而走旁门左道的想法。《太甲》上说："听到不合你心意的话语，一定要探究其用意；听到顺从你心意的言论，一定要找到它不合道义的地方。"顺耳的话语不一定合理。就最近的事来看，严嵩有哪句话是没有迎合陛下的呢？严嵩原先是贪官污吏，如今是乱臣贼子。梁材尽职尽责，遵循礼义道德，陛下却把他当作叛乱者。他历任多职皆有声绩，目前是户部官吏中最被人称扬赞颂的。虽然最近严嵩被抄家后，众多官员有了戒备之心，不再通过贿赂来寻求升官的机会，稍微有改过之意了，然而严嵩被罢免宰相之后的局面与他没有担任宰相之前的局面是一样的。群臣们宁愿像严嵩一样迎合陛下，也不愿像梁材那样一意孤行。现如今贪污受贿非常严重，不严重的都在熬日子。即使被人称扬赞颂的臣子，也在为官和归隐两种思想之间激烈交战，糊里糊涂没有主见，只是苟且依照旧例罢了。那种不仅能洁身自好，追究真理，而且能够肩负天下重务，让国家百姓有所依靠的人，现在还没有遇见。难道是有什么事情牵制着他们的心，使他们不能纯粹地尽忠尽职，从而出现这般情形吗？陛下既要臣子们一味地顺从旨意而不得违抗，又想要他们献出真心。既要他们充当耳目以便视听，又想要他们迎合自己修道且大兴土木的荒谬过失，这是不用股肱耳目来保护腹心，反而是把腹心当作视听来用。如此，就算拥有像张仪、公孙衍这样的臣子，也不可能完成国富民安的大业啊。陛下明知修道无益，群臣的转变，百姓的效仿，天下的不安稳、不太平都是和修道有关，那么就应立马醒悟，每天打理朝政，与宰辅、九卿、侍从、言官探寻天下利害，洗清数十年为君的过失，让自己成为一个比尧、舜、夏禹、商汤、周文王、周武王更贤明的君主，使得群臣也能洗刷几十年来对皇上只知献媚讨好之耻，成为能够和皋陶、夔、伊尹、傅说相匹敌的贤明之臣，那样君臣之间便能互勉互敬。在朝廷内的宦官宫妃、在朝廷外的光禄寺厨房里的仆役、受祖先蒙荫的锦衣卫以及分布在各个衙门里那些编外人员，这些无所事事的官吏实在是太多了。上至内仓内库，下到户部、工部、光禄寺等各个部门，储藏了很多缎绢、粮料、珠宝、器物、木材等物，堆积了很多没有用的东西，有很多东西都用在不该用的地方，臣子们中一定有人向陛下反映过。臣子向陛下禀报了，陛下就应该施行，这对陛下而言只是稍稍节省了一点罢了。京城用一两银子，百姓就要交纳一百两银子。稍微节省一下，国库就有了结余，百姓就有了余钱，好处不知道有多少呢！所以陛下为什么不这么做呢？每个官员都有他的职权，早些年官员守则正规、全面，但是仍然有办不好的事，如今官员守则已经废弃，官吏们因循苟且、敷衍了事、不遵纪守法，却自以为是。应该督促官员们遵循道德礼制，端正他们的行为习气；为了保证官途清明，严禁出钱买官；延长官员的任期，要求他们有所作为；练选军士，避免临时招募士兵；驱逐那些吃空饷的僧侣、道士、游民，让他们回到士、农、商、工四民中去；要求府州县地方官府把教化百姓和维持生计一起推行，形成良好的礼仪风俗；恢复屯田、盐铁的经营，征收实物，用来供应边防军需；合理征税、征兵，帮助百姓从困境中脱身，恢复元气；检举揭发官员们的贪污索贿、将领们的怯弱胆小、小吏们的恶行，予以严惩，绝不能姑息。这些救济天下苍生、数十年才能大行于世的仁政，英明远大与天地共存的丰功伟业，群臣中一定有人与陛下这样探讨过。臣子们提出建议，陛下就应立即执行，这只需要陛下微微振作起来就行。一旦振作起来，之前荒废的事业就会全都兴起，一切弊端都会被铲除，像尧舜和夏商周三代的太平盛世便能复兴。而陛下为什么不去实践呢？只需要陛下您勤俭节约、振奋精神就好了，又不是让您多么劳神费心。九卿负责大政方针，官员们各司其职，巡抚、巡按、六科官员给事中和十三道御史在朝廷内外巡查纠错、清明纲纪，陛下手持大纲，考核臣子们的政绩，督促他们实施完成。费尽心力地去寻求贤才，一旦任用，陛下就安闲省力了，如天运在上，而四时六气各有秩序，只要陛下态度端正、严以律己，就能无为而治。天地万物为一体，这是它本来就具有的特性。百姓安居乐业、生活富足，社会和谐，那么陛下就能真切地感受到身心的愉悦之情。这样便可以辅佐天地对人类万物的教化培育，那么人之德就能与天地并比。道义与天运连通，命由自己掌握，那么陛下您本性便是长寿的。这样的道理，转个身就能达到，并且立刻就能见效。至于吃下长生不老的丹药，便可升天成仙的说法，是没有任何道理可言的！没有任何道理却急迫地散去爵禄、惶恐不安地修道以求长生不老，凭空想象，捕风捉影，陛下终其一辈子也只是这样罢了。这样追求它又能得到什么呢？

为君之道有过失，臣子职责不明晰，这是天下头等的大事。这些不说，还有什么可说的呢！大臣为保全高官厚禄就极力献媚讨好，小吏害怕被治罪就假意迎合，陛下却因为不知情而不能改正，不能推行，我时常为此感到痛心。所以我冒死尽忠，恳切地向陛下进谏。希望您能够改变想法，转变方向，天下是否太平，百姓能否安定，都取决于您的决定。我真切希望陛下您用心思考，那么将是国家社稷的幸运、天下百姓的幸运。我深感战栗，恐惧至极，因此写好奏折亲自呈给陛下。

这封奏疏与其说是一封劝谏信，不如说是一篇审判书、责问书。它句句犀利，刀刀见血，洋洋洒洒地把皇帝骂了个通透，又处处透露着赤诚忠心与恨铁不成钢。

"嘉靖者，言家家皆净而无财用也""陛下之误多矣""终其身如斯而已矣。求之其可得乎"，如此"大逆不道"、咄咄逼人、充满讽刺的斥责恐怕只有不惧生死、刚正耿直的海瑞敢言。其实在进谏前，海瑞就准备好了后事。他买了棺材，安顿好妻女，遣散了家仆，才呈上了这篇《治安疏》。不出所料，接到奏疏的朱厚熜大发雷霆，将海瑞治罪，关押在监狱，判处死刑。戏剧的是，两个月后，海瑞还未被处死，朱厚熜却先亡了。新帝上位后，海瑞获释，并官复原职。

海瑞自从步入官场以来，始终坚守着清正廉洁、一心为民的初心。他不畏强权，严惩贪官污吏；他兴利除害，深受百姓拥戴；他不逢迎谄媚，敢于指出帝王的过错。他是一个真正忠君爱国的好官。

【书信原文】

户部云南清吏司主事臣海瑞谨奏：为直言天下第一事以正君道、明臣职、求万世治安事。

君者，天下臣民万物之主也。惟其为天下臣民万物之主，责任至重，凡民生利瘼一有所不闻，将一有所不得知而行，其任为不称。是故养君之道，宜无不备，而以其责寄臣工，使尽言焉。臣工尽言而君道斯称矣。昔之务为容悦，谀顺曲从，致使实祸蔽塞，主不上闻焉，无足言矣。过为计者，则又曰："君子危明主、忧治世。"夫世则治矣，以不治忧之；主则明矣，以不明危之。毋乃使之反求眩瞀❶，失趋舍矣乎？非通论也。

　　臣受国恩厚矣，请执有犯无隐之义。美曰美，不一毫虚美；过曰过，不一毫讳过。不容悦，不过计，披肝胆为陛下言之。汉贾谊陈政事于文帝曰："进言者皆曰天下已安已治矣，臣独以为未也。曰安且治者，非愚则谀。"夫文帝，汉贤君也，贾谊非苛责备也。文帝性仁类柔，慈恕恭俭，虽有近民之美；优游退逊，尚多怠废之政。不究其弊所不免，概以安且治当之，愚也；不究其才所不能，概以致安治颂之，谀也。陛下自视于汉文帝何如？陛下天质英断，睿识绝人，可为尧、舜，可为禹、汤、文、武，下之如汉宣帝之励精，光武之大度，唐太宗之英武无敌，宪宗之志平僭乱，宋仁宗之仁恕，举一节可取者，陛下优为之。即位初年，划除积弊，焕然与天下更始。举其略如箴敬一以养心，定冠履以辨分，除圣贤土木之像，夺宦官内外之权，元世祖毁不与祀，祀孔子推及所生，天下忻忻然以大有作为仰之。识者谓辅相得人，太平指日可期也。非虚语也。高汉文帝远甚。然文帝能充其仁顺之性，节用爱人，吕祖谦称其不尽人之才力，情是也。一时天下虽未可尽以治安予之，而贯朽粟陈❷，民少康阜，三代下称贤君焉。陛下则锐情未久，妄念牵之而去矣，反刚明而错用之，谓遥兴可得而一意玄修。富有四海，不曰民之脂膏在是也，而侈兴土木。二十余年不视朝，纲纪弛矣。数行推广事例，名爵滥矣。二王不相见，人以为薄于父子；以猜疑诽谤戮辱臣下，人以为薄于君臣；乐西苑而不返宫，人以为薄于夫妇。天下吏贪将弱，民不聊生，水旱靡时，盗贼滋炽，自陛下登极初年，亦有之而未甚也。今赋役增常，万方则效，陛下破产礼佛日甚，室如悬磬，十余年来极矣。天下因即陛下改元之号，而亿之曰："嘉靖者，言家家皆净而无财用也。"迩者严嵩罢黜，世蕃极刑，差快人意，一时称清时焉。然严嵩罢相之后，犹之严嵩未相之先而已，非大清明世界也，不及汉文帝远甚。天下之人不直陛下久矣！内外臣工之所知也。知之不可谓愚，《诗》云："衮职有阙，惟仲山甫补之。"今日所赖以弼棐❸匡救，格非而归之正，诸臣责也。岂以圣人而绝无过举哉？古昔设官，亮采惠畴足矣，不必责之以谏。保氏掌谏王恶，不必设也。木绳金砺，圣贤不必言之也。乃醮修相率进香，天桃天药，相率表贺。兴宫室，工部极力经营；取香觅宝，户部差求四出。陛下误举，诸臣误顺，无一人为陛下一正言焉。都俞吁咈之风，陈善闭邪之义，邈无闻矣，谀之甚也。然愧心馁气，退有后言[4]，以从陛下；昧没本心，以歌颂陛下。欺君之罪何如！夫天下者，陛下之家也。人未有不顾其家者。内外臣工，其官守，其言责，皆所以奠陛下之家而磐石之也。一意玄修，是陛下心之惑也；过于苛断，是陛下情之偏也。而谓陛下不顾其家，人情乎？诸臣顾身念重，得一官多以欺败、赃败、不事事败，有不足以当陛下之心者。其不然者，君心臣心偶不相值也，遂谓陛下为贱薄臣工。诸臣正心之学微，所言或不免己私，或失详审，诚如胡寅扰乱政事之说，有不足以当陛下之心者。其不然者，君意臣言偶不相值也。遂谓陛下为是己拒谏。执陛下一二事不当之形迹，亿陛下千百事之尽然，陷陛下误终不复，诸臣欺君之罪大矣。《记》曰："上人疑则百姓惑，下难知则君长劳。"今日之谓也。为身家心与惧心合，臣职不明，臣一二事形迹说，既为诸臣解之矣。求长生心与惑心合，有辞于臣，君道不正，臣请再为陛下开之。陛下之误多矣，大端在修醮。修醮所以求长生也。自古圣贤止说修身立命，止说顺受其正。盖天地赋予于人而为性命者，此尽之矣。尧、舜、禹、汤、文、武之君，圣之盛也，未能久世不终。下之亦未见方外士汉、唐、宋存至今日，使陛下得以访其术者。陶仲文，陛下以师呼之，仲文则既死矣。仲文不能长生，而陛下独何求之？至谓天赐仙桃药丸，怪妄尤甚。昔伏羲氏王天下，龙马出河，因则其文以画八卦；禹治水时神龟负文而列于背，因而第之以成九畴。《河图》《洛书》，实有此瑞物。泄此万古不传之秘。天不爱道而显之圣人，借圣人以开示天下，犹之日月星辰之布列而历数成焉，非虚妄事也。宋真宗获天书于乾佑山，孙奭进曰："天何言哉！岂有书也？"桃言采而得，药人工捣合以成者也。无因而至，桃药有足行耶？天赐之者，有手执而付之耶？陛下玄修多年矣，一无所得。至今日左右奸人，逆陛下愚思妄念，区区桃药导之长生，理之所无，而玄修之无益可知矣。陛下又将谓悬刑赏以督率臣下，分理有人，天下无不可治而玄修无害矣乎？夫人幼而学，无致君泽民异事之学；壮而行，亦无致君泽民殊用之心。《太甲》曰："有言逆于汝心，必求诸道；有言逊于汝志，必求诸非道。"言顺者之未必为道也。即近事观，严嵩有一不顺陛下者乎？昔为贪窃，今为逆本。梁材守官守道，陛下以为逆者也。历任有声，官户部者，至今首称之。虽近日严嵩抄没,百官有惕心焉。无用于积贿求迁,稍自洗涤。然严嵩罢相之后,犹严嵩未相之先而已。诸臣为严嵩之顺,不为梁材之执。今甚者贪求,未甚者挨日,见称于人者,亦廊庙山林,交战热中,鹘突依违,苟举故事。洁己格物,任天下重,使社稷灵长终必赖之者,未见其人焉。得非有所牵掣其心,未能纯然精白使然乎?陛下欲诸臣惟予行而莫违也,而责之效忠,付为以翼为明听也,又欲其顺吾玄修土木之误,是股肱耳目,不为腹心卫也,而自为视听持行之用。有臣如仪衍焉,可以成得志与民由之之业,无是理也。陛下诚知玄修无益,臣之改行,民之效尤,天下之不安不治由之,翻然悔悟,日视正朝,与宰辅、九卿、侍从、言官讲求天下利害,洗数十年君道之误,置其身于尧、舜、禹、汤、文、武之上;使其臣亦得洗数十年阿君之耻,置身与皋、夔、伊、傅相后先,明良喜起,都俞吁咈。内之宦官宫妾,外之光禄寺厨役、锦衣卫恩荫诸衙门带俸❺,举凡无事而官者亦多矣。上之内仓内库,下之户工部光禄寺诸厂藏段绢、粮料、珠宝、器用、木材诸物,多而积于无用,用之非所宜用亦多矣,诸臣必有为陛下言者。诸臣言之,陛下行之,此则在陛下一节省间而已。京师之一金，田野之百金也。一节省而国有余用，民有盖藏，不知其几也。而陛下何不为之？官有职掌，先年职守之正、职守之全而未之行，今日职守之废、职守之苟且因循、不认真、不尽法而自以为是。敦本行以端士习，止上纳以清仕途，久任吏将以责成功，练选军士以免召募，驱缁黄游食使归四民，责府州县兼举富教，使成礼俗。复屯盐本色以裕边储，均田赋丁差以苏困敝，举天下官之侵渔、将之怯懦、吏之为奸，刑之无少姑息焉。必世之仁，博厚高明悠远之业，诸臣必有为陛下言者。诸臣言之，陛下行之，此则在陛下一振作间而已。一振作而百废具举，百弊划绝，唐虞三代之治，粲然复兴矣。而陛下何不为之？节省之，振作之，又非有所劳于陛下也。九卿总其纲，百职分其绪，抚按科道纠率肃清于其间，陛下持大纲、稽治要而责成焉。劳于求贤，逸于任用，如天运于上而四时六气各得其序，恭己无为之道也。天地万物为一体，固有之性也。民物熙浃，薰为太和，而陛下性分中自有真乐矣。可以赞天地之化育，则可与天地参。道与天通，命由我立，而陛下性分中有真寿矣。此理之所有，可旋至而立有效者也。若夫服食不终之药，遥兴轻举❻，理之所无者也。理所无而切切然散爵禄、竦精神玄修求之，悬思凿想，系风捕影，终其身如斯而已矣。求之其可得乎！

君道不正，臣职不明，此天下第一事也。于此不言，更复何言！大臣持禄而外为谀，小臣畏罪而面为顺，陛下诚有不得知而改之行之者，臣每恨焉。是以昧死竭惓惓❼为陛下一言之。一反情易向之间而天下之治与不治，民物之安与不安，于焉决焉。伏惟陛下留神，宗社幸甚，天下幸甚。臣不胜战栗恐惧之至，为此具本亲赍❽，谨具奏闻。

【注释】

❶眊瞀（mào）：眼睛昏花，视物不清，这里引申为模糊混乱。

❷贯朽粟陈：形容府库充实。贯朽，指钱存放过久，连串钱的绳子都已烂掉。粟陈，指粮食吃不完而变得陈腐。

❸弼棐（fěi）：辅佐。

❹退有后言：当面不说，背后议论。

❺带俸：编制之外的官员。

❻轻举：指成仙升天。

❼惓惓：同"拳拳"，诚恳貌。

❽赍（jī）：持物赠人。

夏完淳 《狱中上母书》
风华正茂少年郎，满门忠烈赴国难

"已知泉路近，欲别故乡难。毅魄归来日，灵旗空际看。"这首悲壮的绝命诗来自一名十七岁少年的临终呐喊。本是风华正茂的年纪，少年为何会发出"泉路近"的感叹？

少年名叫夏完淳，生于动荡不安的明末。他聪明早慧，孩童时便能赋诗写文，堪称神童。其家族乃是当地有名的书香世家：父亲夏允彝为崇祯年间的进士，生母陆氏工于文笔，姐姐德才兼备，妹妹颇有才气，而夏完淳又师从父亲的好友、大名鼎鼎的文学家陈子龙。在家庭的熏陶与老师的教导下，勤奋不懈的夏完淳年纪轻轻便才华横溢，声名远播。夏完淳不仅在知识文化方面深受家族和老师的影响，在民族气节上更是一脉相承。

1644年，李自成攻进北京，崇祯皇帝自缢身亡，明朝灭亡。随后清军入关，攻占大明大片江山，夏允彝和陈子龙联合忠臣义士起兵抗清。十四岁的夏完淳也毅然决然地加入复国的队伍中。可惜夏允彝兵败，留下遗言自投松江殉国。父亲的刚烈与决然令夏完淳肝肠寸断。"先文忠投渊殉节，便尔无家"，国仇家恨愈发让他坚定了报仇雪恨、矢志复国的决心。

没过多久，陈子龙被清军抓获。宁为玉碎，不为瓦全。陈子龙在被押送的途中做出了与夏允彝相同的选择——投水殉国。父亲和尊师皆英勇就义，夏完淳便接任他们未完成的使命继续战斗。

几个月后，夏完淳在家中被捕，被押至南京受审，并由抗清大败无奈降清的明朝旧臣洪承畴亲自问审。看着曾经敬重的人如今投敌叛国，夏完淳失望至极。不管洪承畴如何威逼利诱，夏完淳都无妥协之意。他不怕拷打，不惧生死，只是一想到自己即将赴黄泉却未曾向家中亲人告别、未曾安排身后事，便觉得无法安心，遂于临刑前写下两封绝笔，一封给爱妻，一封致嫡母。《狱中上母书》便是写给年迈的母亲的：

完淳不孝，今天就要身死了！我把身体奉献给父亲，无法再报答母亲您的恩情了。自从父亲离世，我已经悲痛地度过了两个春秋。冤仇与惨痛积累已深，历尽艰辛，原本希望重复大业，来报仇雪耻，让死去的战士得到抚恤，让活着的将士收获荣光，告诉九泉之下的父亲我们的胜利。可惜我们没有得到老天的护佑，先朝灾祸频发，一支队伍刚刚建立，就马上被击败。去年的义举，我以为一定会战死了，哪知道那时不死，却要死于今日！我苟且偷生两年，却没有供养母亲一天，导致嫡母在佛门托身，生母则寄人篱下。一家无依漂泊，活着的时候无法彼此依靠，有亲人离世也无法互相安慰。我今天又忽然奔赴黄泉，这不孝的罪孽，连老天都知道了。

唉！两位母亲都还在世，家里又有妹妹、女儿，家运衰败，也没有兄弟。我死了并没有什么可惜的，但是我哀痛的是，家中这么多人口该如何维生！即使如此，但也就这样吧！我的身体是父亲留给我的，我的身体也是报效君主的。为君为父而死，又怎么算是辜负两位慈母呢！但母亲对我关怀备至，十五年如一日地教我诗书，让我习得礼仪，嫡母您如此慈爱且给予我恩惠，千百年来难得啊。我还未报答这深重的恩情，这实在令人悲痛欲绝！如今我只能把嫡母托付于义融姐姐，而生母则拜托昭南妹妹照顾了。

在我死了以后，如果妻子能有一个遗腹子，那便是家门的大幸；假如没有，千万不要再抱养别人的孩子为后嗣了。会稽的大族如今已经人员凋零。像我父子这样明礼守义且通晓文章的人又有多少呢？像西铭先生那样将一个不肖的人立为后嗣，被别人诟病讥笑，那还不如不立！唉！上天不明，让明朝灭亡的话，即使家族有后，最终也会被杀，终归是不能绵延的。如果将来明朝复兴，那么我们就能长久地在庙中接受供养、祭祀，又怎会只是享受简单的贡品，不至于成为饿死鬼而已呢？如果有人随意说要另立后嗣的话，我和父亲在九泉之下也一定要杀掉这个愚笨固执的人，一定不会宽恕他！

各地战事四起，我死后，战乱也不一定会有停息的那天。两位母亲要好好注意身体，不要再思念我了。如果死后重生为人，我与父亲要把北方边境荡平！不要难过，不要悲伤。我所嘱咐的话，一定不要违背！

外甥武功将来一定是国家栋梁，家里的事都托付给他。在清明节和七月十五的时候，拿一杯酒、一盏灯来祭祀我，让我不至于沦落成没有后代按时祭祀的饿鬼，这样我的心愿就完成了。妻子和我成婚两年来，贤德孝顺的美名向来被人所知，外甥武功要替我好好照顾她。这也是外甥和我的甥舅之情。我语无伦次，这都是将死之人发自肺腑的话。悲痛，太悲痛了！

但是人哪有不死的呢？死得其所才是宝贵之处。父亲能够成为忠臣，儿子能作为孝子，了结我的分内之事，含笑九泉了。按照道家所说，事物本就是从无到有，从有走向虚无，我将自己的身体看作破草鞋一样不值得珍惜。我只是为正义之气所激，因此明白了天意和人事的道理。这是一场十七年的噩梦，只能在来世报仇了。我的魂魄将遨游于天地之间，对这一切也没有什么愧疚了。

夏完淳自举事之日起，便预料到终会有这么一天，奈何天不怜少年，复国大业未成，家父之仇未报，只得来世再战。

那天，十七岁的少年与岳父钱彦林以及其他几十位抗清人士一起殒命在铡刀下。在这场复国的斗争中，夏完淳的伯父夏之旭自缢于孔庙，姐姐夫家众多儿郎为国殉难，岳父钱氏家族几近全族覆灭……1683年，宁死不降的大明皇室后裔朱术桂自杀殉国，大明的抗清斗争至此终结。

捐躯赴国难，视死忽如归。夏完淳虽然在人世间只停留了十七载，却在历史上留下了浓墨重彩的印记。

【书信原文】

不孝完淳，今日死矣。以身殉父，不得以身报母矣。痛自严君❶见背，两易春秋，冤酷日深，艰辛历尽。本图复见天日❷，以报大仇，恤死荣生，告成黄土。奈天不佑我，钟虐明朝，一旅才兴，便成齑粉❸。去年之举，淳已自分必死，谁知不死，死于今日也！斤斤延此二年之命，菽水之养❹，无一日焉。致慈君托迹于空门，生母寄生于别姓。一门漂泊，生不得相依，死不得相问。淳今日又溘然先从九京❺，不孝之罪，上通于天。

呜呼！双慈在堂，下有妹女，门祚衰薄，终鲜兄弟。淳一死不足惜，哀哀八口，何以为生！虽然，已矣！淳之身，父之所遗；淳之身，君之所用。为父为君，死亦何负于双慈！但慈君推干就湿，教《礼》习《诗》，十五年如一日。嫡母慈惠，千古所难。大恩未酬，令人痛绝。慈君托之义融女兄，生母托之昭南女弟。

淳死之后，新妇遗腹得雄，便以为家门之幸；如其不然，万勿置后。会稽大望，至今而零极矣。节义文章，如我父子者几人哉！立一不肖后，如西铭先生，为人所诟笑，何如不立之为愈耶！呜呼！大造茫茫，总归无后，有一日中兴再造，则庙食千秋，岂止麦饭豚蹄不为馁鬼而已哉！若有妄言立后者，淳且与先文忠在冥冥诛殛顽嚚❻，决不肯舍！

兵戈天地，淳死后，乱且未有定期。双慈善保玉体，无以淳为念。二十年后，淳且与先文忠为北塞之举矣。勿悲，勿悲。相托之言，慎勿相负！

武功甥将来大器，家事尽以委之。寒食盂兰，一杯清酒，一盏寒灯，不至作若敖之鬼，则吾愿毕矣。新妇结缡❼二年，贤孝素著，武功甥好为我善待之。亦武功渭阳情也。语无伦次，将死言善。痛哉，痛哉！

人生孰无死，贵得死所耳。父得为忠臣，子得为孝子。含笑归太虚，了我分内事。大道本无生，视身若敝屣，但为气所激，缘悟天人理。恶梦十七年，报仇在来世。神游天地间，可以无愧矣！

【注释】

❶严君：对父亲的敬称。

❷复见天日：这里指恢复明朝。

❸齑（jī）粉：碎粉末。这里比喻被击溃。

❹菽水之养：代指对父母的供养。菽，豆。

❺九京：泛指墓地。

❻顽嚚（yín）：愚昧奸诈。

❼结缡（lí）：代指成婚。

姚鼐 《复张君书》
仕途亨通时，决然辞仕归

姚鼐生于书香世家，祖上出过不少文人士大夫。姚鼐的高祖姚文然是康熙年间的刑部尚书，曾祖亦是举人出身，从祖父英年早逝开始，家道中落，直到伯父姚范进士及第，家族才有所兴起。姚鼐天资聪慧，从小就爱读书，姚范很喜爱他，一直有心栽培。姚范与"桐城派"代表人物刘大櫆私交甚密，使得姚鼐有机会接触诸多文学大家。少年姚鼐才气逼人，刘大櫆颇为赏识他，收其为徒，授之以学问。

姚鼐虽然才华横溢，但科举仕途之路却不是很畅通。姚鼐二十岁就考取了举人，但这位被寄予厚望的后生，从中举到进士及第，却用了整整十三年的时间。入京后的姚鼐先是做了庶吉士，三年后才正式担任礼部主事一职，后来又担任乡试考官、会试同考官等职。

1773年，四库全书馆开办，姚鼐被推荐入馆，破格担任纂修官。当《四库全书》纂修完毕后，马上就要加官晋爵的姚鼐却突然以侍奉老人为由，请求解官归养，从此不再入仕途。户部尚书梁国治派人请姚鼐出仕，姚鼐通过书信委婉地拒绝了他：

承蒙您来信让我尽快回京，这是多厚重的情谊啊！不甚感谢。我因为笨拙迟钝，不通晓古理，也不清楚当下时事，平时与当下的公卿们也不太熟悉；只是在众人中受到赏识，因为一点小的才能而被引荐，掩盖了我愚钝的毛病，才被您举荐、提拔，想要拜入您的门下，您还授予我显达的官职，就算没有您今日的忠告，我原本就很惭愧而且仰赖您的恩德许久了。

我听说对自己有所祈求叫志向，恰逢被任用时能办妥事情叫时机。君子中有的想归隐山林的却困囿于官职，有的想登上仕途却不能从田舍中逃离出来。自古以来有志向却背离自己内心的人太多了！所以布谷鸟在春日里啼叫而雄鹰在秋天里翱翔，河水少时小鱼依旧畅游但大鱼却被禁锢，这都是万事万物的时宜啊。我从小时候起就没有避世隐居的操守，长大后又受世俗的驱使，幸好遇到清平盛世，受到众多贤臣的庇荫，三十岁时登科及第，在翰林院官署任职，但我却没有安定，在部门间往复浮沉，没有获得杰出的名望，在原地踟蹰不前，许久后才能够升职。正遇上天子设立四库全书馆，大臣们觉得我略通笔墨就让我放弃了翰林院的政事在四库全书馆任职，我实在是幸运。之前因为生病在家，大臣们也没有因为我地处偏远就忘记了我，还在朝中推举我，让我获得声名，这份幸运更深重了。君子倘若获得这种恩情，即使眼盲耳聋依旧要努力张开耳目奋发，即使腿瘸了也要奋起，更何况是我呢？

我家中的先人，经常有连续在朝中为官的，但现在就算是辅助的官职中也没有我家族的人。我虽然蠢笨，但怎么能不考虑我的家族呢？孟子说："孔子主张有地方能够施行他的主张就可以入仕做官。"季恒子就是这样做的。古时的君子，不是随意就去做官的，君子会思考他的志向、主张能不能通过做官来实现，他的策略能不能帮到百姓。这太难得了，虽然他们着急寻求功名却不是想要追名逐利；虽然依仗别人快速入朝为官却不是想要荣华富贵。为什么呢？他们最看

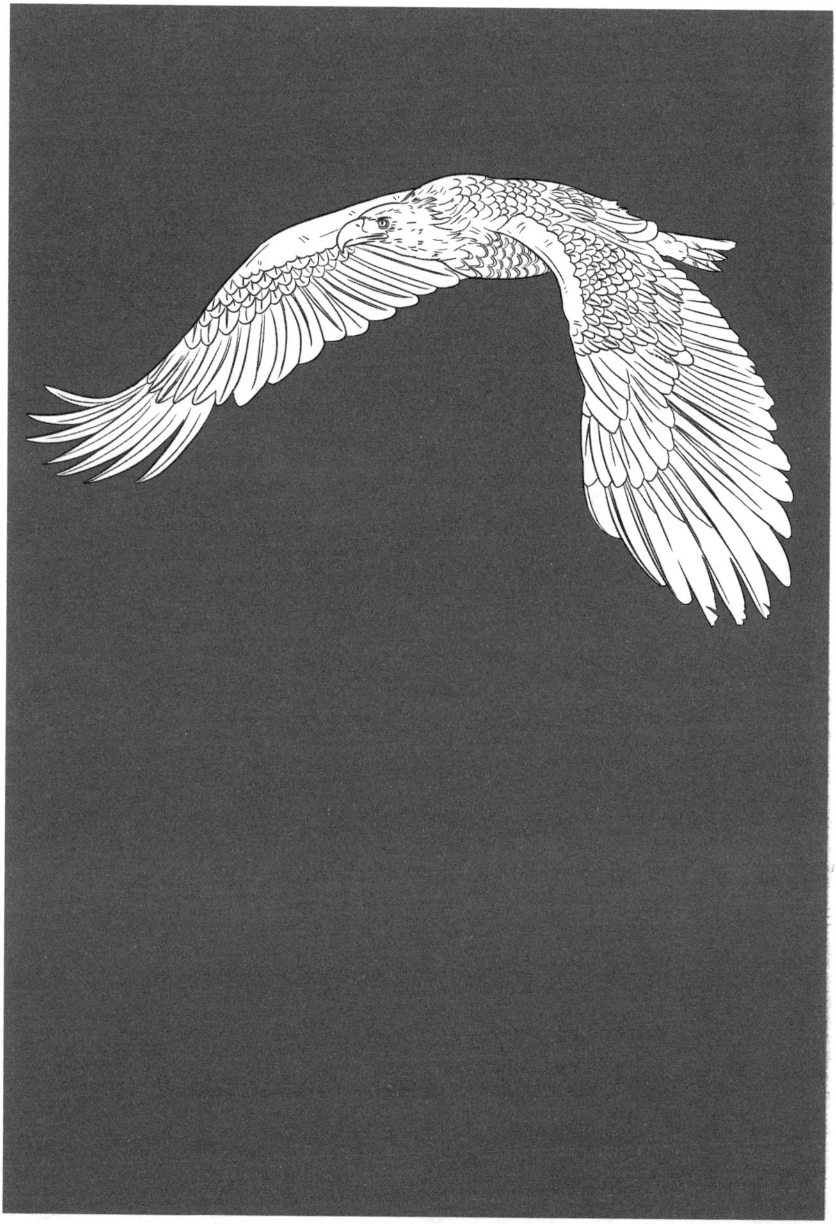

重的是可以帮助他人。至于再差一点的，就是恪守官职并提出自己的主张，对国家有一些益处但是没有彰显道义。更次一点的是进退从容，基本上可以避免耻辱的祸而已。

  从圣人到平民，士人有多种多样的品格，并且他们所处的时代与形势不同。但在内心揣摩，在当时思考，清楚自己平日的职责，一定会选择停留在顺应自己内心的地方。这都是从古到今的人之常情罢了。早晨做了事到了夜晚就后悔，倒不如不去做；追求更远的事物，而真的靠近了，却又忧愁疑虑，这样不如不追求。《周易》中讲道："在该向下时，飞鸟如果逆势上飞将会遭遇凶险。"《诗经》中说："船夫招呼我上船，我还要等待我的朋友。"现在君子不敢违背孔子所说的道，也害怕沉溺事物不能从中解脱。有不擅长喝酒的人，想要效仿有千杯不醉酒量的人，却导致肠胃溃烂而无药可救。每个人适宜的量度都是不一样的，入朝为官也是这样的啊！因此以前的君子的行为举动，就算是半步也会谨慎小心，他们多次思考并且思虑深远，难道认为这是小节吗？至于在应当行得通且能够做官的时候，最终却行不通导致无法做官，这样的事大概是有的，也是他的命运罢了。

我现在有幸依仗着圣朝的余光，就连身居要职的大臣们也赞美我，欢呼雀跃着期待着做官升职，这是我的本意。但念及家族蒙受磨难，才回家一年，二弟便不在人世了，如今我又丧偶，家中母亲已经七十岁了，孩子们还尚在襁褓，我想赴任却找不到可以托付的人，再加上我身患疾病故而在家里逗留。这就是我想整衣出门却犹豫不前的原因啊，只能遥望北方的朝廷俯身哀叹。

承蒙您的教诲与敦促，我却无法恭敬地前去赴任，接受您的教诲，即使您不会指责我，但我内心仍惶恐不安，所以用这封信言明心志，期望您体察谅解。

书信里，姚鼐花了不少笔墨阐述自己的志向和为官道义，或许不管在政治上还是理念上，姚鼐都与当权者存在分歧，做官不仅不能实现姚鼐的志向，还会让他感到焦虑忧愁，与其这样，还不如辞官去追求自己的志趣。

辞官后的姚鼐四处寻山问水，登高览胜，待回归故里后，开始积极推崇"桐城派"的主张。他余生四十多年时间里几乎都以讲学为主，所到之处无不受到学子们的仰慕和追随。1815年，"桐城派"创始人之一姚鼐卒于钟山书院，享年八十四岁。

【书信原文】

辱书谕以入都不可不速。嘉谊甚荷！以仆骏蹇，不明于古，不通于时事，又非素习熟于今之贤公卿与上共进退天下人材者；顾蒙识之于俦人❶之中，举纤介之微长，掩愚谬之大罪，引而掖焉，欲进诸门墙而登之清显，虽微君惠告，仆固愧而仰德久矣！

仆闻蕲于己者志也；而谐于用者时也。士或欲匿山林而羁于绂冕，或心趋殿阙而不能自脱于田舍。自古有其志而违其事者多矣！故鸠鸣春而隼击于秋，鳣鲔于涸而鲋蛆游，言物各有时宜也。仆少无岩穴之操，长而役于尘埃之内，幸遭清时，附群贤之末，三十而登第，跻于翰林之署，而不克以居，浮沉部曹，而无才杰之望，以久次而始迁。值馆天子启秘书之馆❷，大臣称其粗解文字，而使舍吏事而供书局，其为幸也多矣。不幸以疾归，又不以其远而忘之，为奏而扬之于上，其幸抑又甚焉。士苟获是幸，虽聋聩犹将耸耳目而奋，虽跛躄❸犹将振足而起也，而况于仆乎？

仆家先世，常有交裾接迹仕于朝者，今者常参官中，乃无一人。仆虽愚，能不为门户计耶？孟子曰："孔子有见行可之仕。"于季桓子是也。古之君子,仕非苟焉而已,将度其志可行于时,其道可济于众。诚可矣,虽遑遑以求得之而不为慕利;虽因人骤进而不为贪荣。何则?所济者大也。至其次,则守官摭论[4],微补于国,而道不章。又其次,则从容进退,庶免耻辱之大咎已尔。

夫自圣以下士,品类万殊,而所处古今不同势。然而揆之于心,度之于时,审之于己之素分,必择其可安于中而后居。则古今人情一而已。夫朝为之而暮悔,不如其弗为;远欲之而近忧,不如其弗欲。《易》曰:"飞鸟以凶。"《诗》曰:"卬须我友。"抗孔子之道于今之世,非士所敢居也;有所溺而弗能自返,则亦士所惧也。且人有不能饮酒者,见千钟百榼[5]之量而几效之,则溃胃腐肠而不救。夫仕进者不同量,何以异此!是故古之士,于行止进退之间,有跬步不容不慎者,其虑之长而度之数矣,夫岂以为小节哉?若夫当可行且进之时,而卒不获行且进者,盖有之矣,夫亦其命然也。

仆今日者,幸依圣朝之末光,有当轴之褒采,踊跃鼓忭以冀进[6],乃其本心。而顾遭家不幸,始反一年,仲弟先殒,今又丧妇。老母七十,诸稚在抱,欲去而无与托,又身婴疾病以

— 217 —

留之。此所以振衣而赵趄❼，北望枢斗而俯而太息者也。

远蒙教督，不获趋承，虽君子不之责，而私衷不敢安，故以书达所志而冀谅察焉！

【注释】

❶俦（chóu）人：伙伴，同类人。

❷秘书之馆：指四库全书馆。

❸跛躃（bì）：瘸着腿。

❹摅（shū）论：发表意见。

❺榼（kē）：古时用来盛酒的器具。

❻鼓忭（biàn）以冀进：鼓忭，欢欣鼓舞。冀进，希望在仕途上奋进。

❼赵趄（zījū）：且进且退，犹豫不前。

龚自珍 《送钦差大臣侯官林公序》
故人横海拜将军，侧立南天未蒇勋

19世纪初，英国经历工业革命后生产力大幅提高，经济飞速发展，促使英国成为世界强国，向全球各地疯狂扩张与掠夺。与此同时，中国依旧处于君主专制的封建社会，实行着闭关锁国的政策。清朝末年，英国对中国发动侵略战争，通过中国仅有的对外通商口岸——广州，不断地向中国输送鸦片，致使大量的民众沉迷鸦片。鸦片的泛滥不仅毒害了人民的身体、摧毁了人民的精神，还导致中国巨额的白银外流，银价飞涨，财政困难。

1838年，时任鸿胪寺卿的黄爵滋再次上奏道光皇帝，请求政府全面禁止鸦片、禁止白银出海。此番提议得到湖广总督林则徐的大力支持，他附议道："此祸不除,十年之后,不惟无可筹之饷,且无可用之兵。"道光帝权衡利弊后终于同意禁烟,授林则徐为钦差大臣,赴广东查禁鸦片。礼部主事龚自珍获悉后惊喜不已。他与林则徐是志同道合的知己,都是以民为本、忧国恤民之臣。他们主张严禁鸦片,提倡革新吏治,反对列强的入侵,维护国家主权。林则徐此次受命禁烟,让龚自珍看到了希望。在好友即将离京赴任前,龚自珍经过一番研精致思,写下这封《送钦差大臣侯官林公序》来激励好友,为好友出谋划策:

  钦差大臣兵部尚书都察院右都御史林公已经辞别皇上,礼部主事仁和龚自珍呈上三条很确定的谏言,三条借鉴性的谏言,三条回答反驳的言论和一项归纳总结的奏言。
  中国自夏禹、箕子以来,一直将农业与贸易同等重视。从明朝初年开采银矿开始,到现在已经有四百多年的历史了,但是到目前为止连一厘银子都没涨过,现在用的白银都是明朝初年用的银子。地底下蕴含着很丰富的银矿产,但是流通的白银却减少了很多,就算是白银没有向外流出,但因为人为和自然灾害,估计每年也要损耗三四千两银子,更不用说现在出现了白银大量向海外流出的情况呢。这是很明确的问题，是无法质疑的。

汉代精通金木水火土的五行家，将当时社会上出现的新奇古怪的事物和着装怪异的现象称为食妖、服妖，他们凭借这些来判断天下将会出现的变数。鸦片烟就像食妖，那些吸食鸦片的人，基本都会出现精神不振、日夜颠倒的情况。所以，应该把那些吸食鸦片的人判刑绞死！应该把那些贩卖和制造鸦片的人判处为砍头之刑！吸食鸦片的士兵将领也应该同样被杀头！这是很确定的事务，更是毋庸置疑的。但是杀是杀不完的，也没有办法根绝鸦片的源头；就算要完全根除它的来源，外国人也会怀着不满的心思而进行侵略进犯，坏人也会怀着不满而发动叛乱；对待这两类妄图侵犯、叛乱的人，没有武器力量又怎能获得成功呢？您前去澳门驻守，远离广州，那是外国人驻扎停留的地方，您凭借一个文官身份单独深入，这行得通吗？因而您应带更多的军队陪同，这便是皇上授予大印，允许您能够指挥调动海军的缘由。这也是很确定的建议，同样是毋庸置疑的。

应当禁止吸食鸦片的行为，同时也应当拒绝进口呢绒等商品。禁止了这些东西的流入，我国蚕桑收获的利益就会回升，棉花带来的利润也会增加。蚕桑、棉花获得的利润增多了，中国才能变得富强自足。并且，像钟表、玻璃、燕窝这一类的商品货物，只能满足京城那些上层人士，让他们的白银流失，这些都不是生活必备且急切需要的商品货物，应该一起禁止。这是一项值得借鉴的意见。同时应当让外国人在限定期限内迁出澳门，一个外国人也不准留下。仅留下一所商业会馆，专供外国人交易货物时居住。这又是一条值得借鉴的意见。

武器需要讲究精练精良，乾隆年间进攻金川时曾用的是京城军队的火器营所制作研发的武器，不知道是否适合用在海上防卫呢？广州有可以打造军工火器的精巧的工匠吗？胡宗宪的《图编》中是否有能够借鉴的地方呢？这些问题理应命令那些专门负责订正的官员去解决。假如您带领广州军队前往澳门，应多带一些技艺高超的精巧的工匠以便修整武器。这又是一条值得借鉴的意见。

有些儒生质疑说：中国的粮食问题比贸易问题更让人着急，更感到迫切。他借用汉朝大臣刘陶之前的论点来反驳，为自己开脱。刘陶的话固然不错，儒生的话似乎也并非没有道理，但是难道我只重视钱财，却不重视农业生产吗？儒生的这番理论用在开采矿产的年代，是讲到重点上了；但用在禁止白银向外流通的现在，就不合时宜了。农业当然是第一位的，排在第二位的就是货物了。夏禹和箕子都说过类似的话。这是一个反驳反对派观点的建议。

还有一些管理关卡税务的官员批判道：如果不让呢绒、钟表、燕窝、玻璃等东西进口，将会减少税费收入。事实上中国人和外国人做买卖，最能获利的是买进他们的大米，除此之外，其他的东西都是不重要的。我们应该劝告他们：将每年的关税收入定额，并申请逐年递减，也许会得到皇上的批准。一个国家的经济收入绝对不能仅仅依赖关卡税务，更何况降低税收，损失很小，收益会更大。这又是一项反驳反对派观点的建议。

还有那些荒谬愚钝保守的书生的反驳，都只是在说面对敌人时要以礼待人而不要动用武力。我们应该告诉他们：用严苛的刑法惩治作乱的国家，这是周公遗留下的训导。至于说到使用兵力，和在陆地上用兵是不同的，这是驱赶驱逐敌人，而不是围剿歼灭敌人；是镇守海口，保护守卫我们的海上边防，不允许敌人入侵，并不是要在海上和敌人战斗，在舰船上发动战争。这只是说要像伏波将军那样，在近海边境防卫守护，而不用像楼船将军和横海将军那样进行海上作战。更不用说在陆地上战斗可以追逐攻击，而在海上防守不用追逐攻击，逮捕那些侵略的人和心术不正的人，在当地要依照刑法判处罪名并执行，并不是调用庞大的军队进行野外作战，这怎么能和古时人们在陆地边境挑衅相比较呢？这又是一项用来批驳反对派观点的建议。

　　提出这三条反驳言语的人，都是社会上奸佞狡猾、看似老成实则腐朽落后的人。这样的人在广东的官吏中也存在，在同事之中也有，在说客之中也存在，在商人之中也有，连待人谦和的士人之中也不一定没有这样的人。这样的人，适合杀鸡儆猴。您这次去前线禁烟的决心，如果因为这样的人而摇摆不定，犹豫不决，那你就会失去这个千载难逢的好机会，后果将难以预料，不能够想象了！古代有句诗是这样描述奉行公事的使臣的："出使的人心事很重，十分忧愁，随同的人脸上带着愁苦郁闷。"他们为什么忧虑呢？他们担心有人会拐弯抹角地劝阻他，担心有人悄悄窥探、等待机会搞破坏，担心有人说话不谨慎、会透露出重要的秘密。在他看来，敌人也可能是仆从和身边的人。如果跟随他的人也都怀有戒备，而且憔悴消瘦，怏怏不乐，而没有眉飞色舞的神情，那么这个人就是最适合奉命出使的人了。请您研读参悟一下这首诗的内涵吧！

什么是归纳总结性的建议呢？我和您约定，希望您以两年的时间作为期限，让国内十八行省的银子的价格维持平稳。物产丰富充盈，百姓感到安定，然后向我们的皇上禀报。《尚书》上说："就像射箭一样，要目标明确。"我在这篇文章中所说的，就是您所要明确并完成的目标啊！

从这封书信里，我们看到的是一个有着超前思想、忠心爱国的龚自珍。他为好友提出的禁烟强国的方案有理有据，切实可行。他建议严惩所有的吸烟、贩烟、造烟者，无论是平民百姓还是士卒将领都要施以重刑。他明白仅通过刑事处罚是无法根除鸦片的，除非从根源上杜绝，但这势必会受到外国列强的阻挠，甚至会遭到列强的军事入侵。"刮骨去毒，此患乃除耳"，如若因害怕外国势力而不去禁烟，必定后患无穷，所以龚自珍从未动摇过禁烟的决心。因此当他极其敏锐地洞察和预感到外国侵略战争无法避免时，他谆谆告诫好友一定要时刻保持高度的警惕，严密防范，积极备战。他建议提前调兵遣将，修整军器，加强海防，做好战斗的准备。从后来的历史发展来看，龚自珍提出的这些措施是极具远见卓识的明智之举。

龚自珍强国御敌的策略让林则徐如获至宝。后来，林则徐在给龚自珍的回信里，特意表达了谢意。正如龚自珍所料，林则徐的禁烟过程困难重重，但他无视各方势力的威逼利诱，在邓廷桢、关天培等人的协助下，排除万难，缴获鸦片，并在广东省虎门镇集中销毁。

林则徐的禁烟壮举受到广大民众的拥护，英国却在美、法两国支持下以此为借口发动了蓄谋已久的对华侵略战争。这场持续两年多的侵略战争，以清政府被迫签订丧权辱国的中英《南京条约》而结束，中国从此沦为半殖民地半封建社会。

书信的最后，龚自珍与好友约定，以两年为期，要让中国富，物力实，人心定。可两年后，龚自珍突然去世，林则徐遭受奸人诬陷远贬新疆，而他们念兹在兹的中国，正沉沦在炮火烽烟中。期限已到，心愿未了，遗憾终生。

【书信原文】

　　钦差大臣兵部尚书都察院右都御史林公既陛，礼部主事仁和龚自珍则献三种决定义，三种旁义❶，三种答难义，一种归墟义。

　　中国自禹、箕子以来，食货并重。自明初开矿，四百余载，未尝增银一厘。今银尽明初银也，地中实，地上虚，假使不漏于海，人事火患，岁岁约耗银三四千两，况漏于海如此乎？此决定义，更无疑义。

　　汉世五行家，以食妖、服妖❷占天下之变。鸦片烟则食妖也，其人病魂魄，逆昼夜。其食者宜缳首诛！贩者、造者，宜刻脰诛！兵丁食宜刻脰诛！此决定义，更无疑义。诛之不可胜诛，不可绝其源；绝其源，则夷不逞，奸民不逞；有二不逞，无武力何以胜也？公驻澳门，距广州城远，夷薮❸也，公以文臣孤入夷薮，其可乎？此行宜以重兵自随，此正皇上颁关防使节制水师意也。此决定义，更无疑义。

　　食妖宜绝矣，宜并杜绝呢羽毛之至。杜之则蚕桑之利重，木棉之利重，蚕桑、木棉之利重，则中国实。又凡钟表、玻璃、燕窝之属，悦上都之少年，而夺其所重者，皆至不急之物也，宜皆杜之。此一旁义。宜勒限使夷人徙澳门，不许留一夷。留夷馆一所，为互市之栖止。此又一旁义。

火器宜讲求，京师火器营，乾隆中攻金川用之，不知施于海便否？广州有巧工能造火器否？胡宗宪《图编》，有可约略仿用者否？宜下群吏议，如带广州兵赴澳门，多带巧匠，以便修整军器。此又一旁义。

于是有儒生送难者曰：中国食急于货，袭汉臣刘陶旧议论以相抵。固也，似也，抑我岂护惜货，而置食于不理也哉？此议施之于开矿之朝，谓之切病；施之于禁银出海之朝，谓之不切病。食固第一，货即第二，禹、箕子言如此矣。此一答难。

于是有关吏送难者曰：不用呢羽、钟表、燕窝、玻璃，税将绌。夫中国与夷人互市，大利在利其米，此外皆末也。宜正告之曰：行将关税定额，陆续请减，未必不蒙恩允，国家断断不恃榷关所入，矧所损细所益大？此又一答难。

乃有迂诞书生送难者，则不过曰为宽大而已，曰必毋用兵而已。告之曰：刑乱邦用重典，周公公训也。至于用兵，不比陆路之用兵，此驱之，非剿之也；此守海口，防我境，不许其入，非与彼战于海，战于艅艎❹也。伏波将军则近水，非楼船将军，非横海将军也。况陆路可追，此无可追，取不逞夷人及奸民，就地正典刑，非有大兵阵之原野之事，岂古人于陆路开边衅之比也哉？此又一答难。

以上三难，送难者皆天下黠猾游说，而貌为老成迂拙者也。粤省僚吏中有之，幕客中有之，游客中有之，商估中有之，恐绅士中未必无之，宜杀一儆百。公此行此心，为若辈所动，游移万一❺，此千载之一时，事机一跌，不敢言之矣！不敢言之矣！古奉使之诗曰："忧心悄悄，仆夫况瘁。"悄悄者何也？虑尝试也，虑窥伺也，虑泄言也。仆夫左右亲近之人，皆大敌也，仆夫且忧形于色，而有况瘁之容，无飞扬之意，则善于奉使之至也。阁下其绎此诗！

何为一归墟义也。曰：我与公约，期公以两期期年，使中国十八行省银价平，物力实，人心定，而后归报我皇上。《书》曰："若射之有志。"我之言，公之鹄❻矣。

【注释】

❶ 旁义：指旁人的参考性意见。

❷ 食妖、服妖：指奇怪的食物和服装。

❸ 夷笸（bì）：指清政府限定外国商人居留的

地方。

❹艅艎（yúhuáng）：指战船。

❺游移万一：稍微有一点犹豫、动摇。

❻鹄（gǔ）：箭靶的中心。引申为目的，目标。

民国

以身许国敢为先

高捷成 《致叔父书》
仓促从戎，六年一信

1931年9月18日夜，日本关东军自行炸毁沈阳北郊柳条湖附近的一段路轨，反诬是中国军队所为。日军以此为借口，大举进攻东北军驻地北大营，炮轰沈阳城，于次日占领沈阳。当时，由于国民党政府实行攘外必先安内的方针，对日本的侵略妥协退让，采取不抵抗政策，致使至1932年2月，整个东北迅速沦陷于日军之手。

九一八事变是日本精心策划和长期准备的为实现独占东北进而灭亡中国所采取的重要步骤。在中国共产党的推动与领导下，所有东北军民奋起抵抗日本帝国主义的侵略，揭开了中国抗日战争的序幕。

与此同时，1932年1月28日午夜，蓄谋侵占上海的日本以保护侨民为借口，出动海军陆战队，由虹口租界向闸北中国守军发动突然进攻。在全国人民抗日热潮推动下，上海驻军浴血奋战，各界爱国人士组织反日救国会，民众纷纷参加义勇军、救护队等，积极支援前线。

在军民奋力保家保国之时，国民党政府虽宣布"一面抵抗、一面交涉"的对日政策，实际上却在谋求对日妥协。因此，在军事上百般阻挠和破坏第十九路军的抗战，在外交上依赖国联和英、美、法等国的"调停"。3月1日，日军一部由太仓、浏河登陆，上海守军腹背受敌，被迫撤退，2日淞沪陷落。在英、美、法、意等国"调停"下，国民党政府与日本签订了《淞沪停战协定》。

在全民抗战的大环境下，各地民众都在尽自己所能支援前线，福建漳州的高捷成就是其中之一。

高捷成生于1909年，有兄弟几人，父亲高添木以制爆竹为业，叔父高开国从事金融业，经营着一家百川银庄。1930年，二十一岁的高捷成与蔡淑宝成婚，婚后育有一子，取名得胜。彼时高捷成正在叔父的银庄任出纳。国家危难之际，爱国心切的他私自挪用了银庄二万余元用以支援闽南游击队，扩充革命武装，组织农民协会。不久，九一八事变、一·二八抗战相继发生，高捷成悲愤之下选择从戎。

1932年3月，高捷成离开了家乡，4月参加中国工农红军，随红一军团到达中央苏区，从事银行工作，5月加入中国共产党。1934年10月参加长征，随中央红军到达陕北，随后进入红军大学第一期学习，依托自己的专业所长，创立了军队会计工作制度。

战争之下，部队随时转移，条件艰苦，通信艰难。转眼六年过去，1937年4月10日，高捷成终于提笔写下第一封家书。当初仓促从军，仅留一封简短的告别信，而后再无联络，不知叔父等收到这封信有何感受。想到此，高捷成已红了眼眶：

开国宗叔大人台鉴：

……我自从九一八东北事变、一·二八上海抗战之后，悲愤交集，誓不求中华民族之解放，当不为中华民族黄帝子孙之一人！决心从戎，于是仓卒离家，一切骨肉亲戚朋友无暇顾及辞别，至今思维尤为怅然！

民国廿一年三月间离漳，倏忽于今已有六年了。在这六年中东西奔波，南北追逐，历尽一切千辛万苦，雪山草地，万里长征，在所不辞！无非为的是挽救国家的危亡！志向所趋，海浪风波在所难阻！不过从来没有备函奉候，音讯毫无，自然未免见怪于诸大人亲族朋友，或以为我这个不肖高家浪荡子弟，弃家离伦，不孝不义了！我还记起将临走的时候，曾留一信给你转添木我的父亲云："我要和你们离别了，或者是永远离别了，我不挂念家庭，希望家庭也无须挂念于我！"这是从戎的决心，这是救国抗战为国牺牲坚决的立志！救国才能顾家，国亡家安在！而不是断绝人伦的无条件的弃家而不顾，想或可有以原谅于我吧！至今我的艰苦奋斗聊可做为初步阶段的结束，但是主要的抗战救国正在开始呢，所以才抽出一点工夫写信来拜候你大人。

　　我现在陕西省延安府旧商会驻，在外并未建置家庭，个人独身精神上尚可安乐！至于详细情形，你们来信时，我下次再谈。

　　我极（现）在迫切须要知道的：我的父亲添木和母亲是否仍在健康？几位兄弟捷元、捷三、捷开、捷绍、捷远等是否安居乐业，家庭变幻情形怎样？百川银庄发展扩大否？东华园经营兴旺否？高庆号、高合记二宝号怎样？建东、建池、建华几爱弟近来长大成人，想很进步！叔母大人健康否？李石虎、蔡师尧二世叔大人近来安康否？我的内室宁庭改嫁否？我的小儿活泼否？

　　我所欠挂百川银庄二万多元的债，时刻记念在心，本利至今当在三万余。国家得救，民族得存，清债还利当不短欠分文，望勿挂念、怨恨，谨此奉达！

敬请

商安！附像片两张，请转一张给我家，一张敬献你大人存念。

不肖浪荡宗侄　高捷成敬上

民国廿六年四月十日

一封家书，写出了中华儿女勇赴国难的崇高精神，写出了中华儿女誓死不当亡国奴的民族自尊，写出了中华儿女对革命必胜的坚定信念。铮铮誓言，感天动地。

在高捷成寄出家书后不久，1937年7月7日晚，日本驻丰台军诡称在演习中"失踪"了一名士兵，要求进宛平城搜查。遭拒后，日军立即炮轰宛平，向卢沟桥发起进攻，第二十九军奋起抗击。次日，中国共产党向全国通电，号召全民族抗战。17日，蒋介石表示应战，从此中国开始了全国性的抗日战争。

高捷成在此之后跟随八路军129师赴冀南敌后抗日根据地，利用自己所长筹建和领导冀南银行，和敌人展开金融战，成为我党金融事业的奠基人之一。1943年5月，高捷成在一次反"扫荡"战斗中牺牲，时年三十四岁。

左权 《致叔父书》
前路未知，信念坚定

左权原名左纪权，小名字林，年少离家，投身军旅，1924年进入黄埔军校第一期学习，次年加入了中国共产党，参加两次东征，同年12月赴苏联学习。

至1930年，左权回国，进入中央革命根据地工作，参加历次反"围剿"作战和长征。到陕北后又任红一军团代理军团长、中共中央军委前敌总指挥部参谋长。

1937年7月7日，抗日战争全面爆发，左权任八路军副参谋长、前方总指挥部参谋长，后兼八路军第二纵队司令员。在这之前，左权的叔父左铭三于6月1日给左权写了一封家书，告诉其大哥左育林的死讯和家中近况，但当时左权身为部队高级将领，一直工作繁忙，无暇回信。直到9月18日晚，左权在山西稷山写下了这封回信：

叔父：

你六月一号的手谕及匡家美君与燕如信均于近日收到，因我近几月来在外东跑东（西）跑，值近日始归。

从你的信中已敬悉一切，短短十余年变化确大，不幸林哥作古，家失柱石，使我悲痛万分。我以己任不能不在外奔走，家中所恃者全系林哥，而今林哥又与世长辞，实使我不安，使我心痛。

叔父！我虽一时不能回家，我牺牲了我的一切幸福，为我的事业奋斗。请你相信这一道路是光明的、伟大的。愿以我的成功的事业，报你与我母亲对我的恩爱，报我林哥对我的培养。

叔父！承提及你我两家重新统一问题，实给我极大的兴奋，我极望早日成功，能使我年高的母亲及我的嫂嫂与侄儿、女等，与你家共聚一堂，渡（度）些愉快舒适的日子。有蒙垂爱，我不仅不能忘记，自当以一切力量报与之。

芦沟桥事件后，迄今已两个多月了。日本已动员全国力量来灭亡中国。中国政府为自卫应战亦已摆开了阵势，全面的战争已打成了。这一战争必然要持久下去，也只有持久才能取得抗战的胜利。红军已改名为国民革命军，并改编为第八路，现又改编为第十八集团军。我们的先头部队早已进到抗日的前线，并与日寇接触，后续部队正在继续运送。我今日即在上前线的途中。我们将以游击运动战的姿势，出动于敌人之前后左右各个方面，配合友军粉碎日敌的进攻。我军已准备着以最大的艰苦斗争来与日本周旋，因为在抗战中，中国的财政经济日益穷困，生产日益低落，在持久的战争中必须能够吃苦，没有坚持的持久艰苦斗争的精神，抗日胜利是无保障（的）。

拟到达目的地后，再告通讯处。专此敬请福安

侄　字林
九月十八晚
于山西之稷山县

两位婶母及堂哥二嫂均此问安

外敌入侵，生灵涂炭，军民奋起，保家卫国。根据地常遭日寇重重封锁，邮驿系统迭遭破坏，"烽火连三月，家书抵万金"，这封信是敌后抗战历史的珍贵史料，是战争亲历者的记录，是真实可信的第一手档案。前线艰苦，前路未知，但左权在信中却抱着坚

定的必胜之心。

左权一直戎马倥偬，直到1939年在抗战前线遇到了刘志兰。经朱德做媒，在八路军总部驻地潞城县北村结婚，次年女儿左太北出生，一家三口度过了一小段其乐融融的生活。

然而战争越来越残酷，至1940年8月"百团大战"开始，总部时常转移，家属随同诸多不便，左权不得不把妻子和女儿送往延安，分别之前，一家人还照了一张合影。

妻子和女儿离开后，左权先后给妻子写了十二封信，信中大段流露出对妻子和女儿的深深思恋和无微不至的问候，同时也描述了许多根据地的困难局面：

"敌人的政策是企图变我根据地为一片焦土，见人便杀，见屋便烧，见粮食便毁，见牲畜便打，虽僻野山沟都遭受了损失，整个太北除冀西一角较好外，统均烧毁，其状极惨。"

"现边区受敌重重封锁，腹地亦密布钉子，敌图化（划）边区西侧为治安区，腹地为无人区，即以最凶恶的手段实行三光政策，并村等等，以遂其激（彻）底毁灭我边区之目的。边区现已陷入极严重的斗争环境，困难也大为增加了。"

"敌人的残酷仍然如故，军队损失虽然不

大，老百姓却遭殃不小。敌人新的花样就是放毒。在军队指挥机关驻地，在地方，在某些政权机关及某些群众家里，满布糜烂性毒质（物）。在我们去年的原驻地布毒不少，我及廿二号的房子都布满了。"

"我们不管他怎样，在目前在本身工作上努力根据地之巩固军队的强大，随时准备着对付敌之北进。"

"敌图改变我根据地性质的企图，也不会放松的，一切均有待我们准备在极严重极艰苦的环境中去战胜敌人。"

"全区党政军民均在纷纷准备粉碎敌人的进攻，我们的工作也就更急迫更紧张些了。"

…………

距与妻子和女儿分离二十一个月后，左权在山西省辽县（今左权）麻田附近指挥部队与日军作战时牺牲，留下的只有泛黄的照片和字迹淡化的书信。左权的一生充满着传奇和辉煌，也充满了对国家民族、人民群众和家人的情与爱，这种情感是无数身处抗战时代的伟大民众的代表，历经风雨依然散发着烫人的热量，激励一代又一代中华儿女为实现中华民族伟大复兴的中国梦而努力奋斗。